JN078256

ブラボーわが人生 3

聖教新聞 社会部 編

第三文明社

まえがき

たまに聞かれることがある。ご高齢の方って耳が遠いことも多いから、取材が大変じゃないですか？　よくぞ聞いてくださった、と思わず膝《ひざ》を打ちたくなる。いい機会なので、取材の流れを説明させていただきます。

まず、ご自宅へ電話をかける。つながるまで多少の時間がかかるのは、電話口までゆっくり歩いていらっしゃるから。

味わいのある声で「もしもし」と聞こえたら、「聖教新聞の」と口跡《こうせき》良く自己紹介をする。これがなかなか伝わらず、「は？」「どなた？」のやりとりが結構続いて、ついには「うちにそんな息子はおりません」。ぴしゃりと受話器を置かれる始末《しまつ》（この場合、かけ直しても一切通じません）。

それでも何とかかんとか、ご自宅までたどり着く。みなさん待ちかねたように、玄関でニコリとしてくれる。幸せな気持ちがパッと広がる瞬間だ。

どんな人生だったのか。土地の訛《なま》りに耳を傾《かたむ》けていく。貧乏《びんぼう》、偏見《へんけん》、悔《くや》し泣き、負けじ魂《だましい》。余韻《よいん》が尾を引く話《はなし》に感服《かんぷく》し、おいとまする頃《ころ》には、落語でいう「落ち」が待っている。これは広島のおじいさまであった。帰り支度《じたく》をしていると、不思議そうに「ところであんた、誰じゃったかいのお」。

皆が感じる「老《お》い」というものを、明るく笑い飛ばす。そんな爽《さわ》やかな偉業《いぎょう》をたたえるのが、本書の主題の一つといっていい。ドタバタ劇を繰《く》り返し、思いがけずも三冊目の本となって世に出ることになった。

「法華経を信ずる人は冬のごとし。冬は必ず春となる」（新一六九六ページ、全一二五三ページ）。忍耐《にんたい》の花を咲かせたことに拍手を送り、こつこつと根を張った人生に心洗われる。

誰しも挑《いど》むべき「山」がある。九十九歳の壮年だった。「池田先生に感じたものは、『山』を越えさせようというよりも、はるか頂《いただき》を麓《ふもと》から一緒に仰《あお》ぎ見てくれるような温かさだ」と目頭をぬぐった。

純粋に、真っすぐに、世界一の師匠《ししょう》を持てた感謝を胸に、さあこれから！と燃えている。だから、心と体に「老い」を寄せつけないのだろう。取材を受けてから「血圧が正常値に戻《もど》った」とか「また畑に出るようになった」とか、喜びの声が続々届く。つい先日も、百四歳のおばあさまの娘《むすめ》さんから連絡が来た。医者がこんな診断をしたという。「心臓はしゃべらないけど、もし、しゃべったら『まだまだ行くぜ』と言ってるよ」

ひょっとしてこの連載は、医学的にも効果があるのかもしれんぞ。そうやって勝手に喜んでるようじゃあ、世話ないですね。

聖教新聞　社会部

〈目次〉

第2章　使命に生きる

第3章　誓いの人生

一、本書は、『聖教新聞』に不定期で連載されている「ブラボーわが人生」のなかから十九編の体験談を収録し加筆・修正したものです。

一、年齢、学会役職は、新聞掲載時のものです。ただし、「婦人部」は「女性部」に変更しました。

一、本文中、御書の御文は、『日蓮大聖人御書全集　新版』に基づき、ページ数を（新〇〇ページ）と示しました。あわせて『日蓮大聖人御書全集』（創価学会版、第二七八刷）のページ数を（全〇〇ページ）と表記しました。

一、本文中、牧口常三郎創価学会初代会長は「牧口先生」、戸田城聖第二代会長は「戸田先生」、池田大作第三代会長は「池田先生」と表記しています。

第1章

祈り抜く

北陸のマーメード

「泳げるのうれしゅうてかなわん」

富山県南砺《なんと》市　山本《やまもと》 禮《ひろ》さん（100）

室内のプールサイド。実況「さあ競泳女子二五メートル自由形《じゆうがた》スタートしました」。解説「御年《おんとし》百歳の山本《やまもと》選手、良いですよ」。実況「ライトブルーの水着で落ち着いた泳ぎですねえ」――と、勝手に実況放送したくなる。山本禮《ひろ》さん＝地区副女性部長＝は温水プールで毎日泳いでおられる。

（二〇二二年一月八日掲載）

聖教新聞に載《の》っとったガ。「人生は八十歳から始まる」。あ、私もちょうど八十歳や、これから頑張《がんば》らんな思うたところへ、近所に温水プールができたさかい、泳ぐことを決めたもんね。

一年分のチケット買《こ》うた。プール入ったけどォ、そんなもんプカプカしとるだけで、泳ぐどころか歩けんガ。

次男が水泳の本を五冊買うてくれて、一緒に勉強したよ。それで一生懸命、題目《だいもく》あげたら、半年ほどしてとうとう泳げるようになったガ。人生で初めてやもん。御本尊様《ごほんぞんさま》すごいなー思うたわ。

九十歳で休みながら八〇〇メートル泳いだよ。九十五歳で肩痛くなってェ、病院行ったら「むちゃするさかい。寝とったら治《なお》るわ」言われた。はいー、題目楽しいですよ。何でもかなうもんね。一にも二にも題目と思うてあげとるさかい、福運《ふくうん》が後ろからついてきた。

毎日五時間。今日より明日、前進や。今まで大きい声であげたけど、あんまり声出んようになってしもうた。それでも腹にギューッと力《ちから》入れて、心では大きい声であげとるさかい、いつの間にか一時間二時間たってしもうとるもんね。

もう題目やめられん。「とにかく良いものやさかい」言われて信心《しんじん》始めたのが、昭和三十三年（一九五八年）。七人の子を抱《かか》えて大変やったわ。昔はお金がのうてね。うどんの切れ端《はし》だけ買うて、子どもに食べさせた。自分は何も食べんと三日ぐらい水ばっかり飲んで、座談会にパーッと出たことあるよ。帰ったら、洗濯せんなんし、編《あ》み物せんなんし、二時間しか寝る間《ま》なかったもん。もう眠たーて、眠たーて。

それでも題目あげたら、腹の底がグーッと温こうなってェ、どんどん元気になったさかい、「あんた信心しとらん？　南無妙法蓮華経を言うたら必ず良くなるよ」って誰にでもしゃべっとった。アホだ、なんだと、まーいじめられたもんね。

信心《しんじん》して一番先に買《こ》うたのが、御書や。意味が分かってても分からんでも、読んじゃあ線引いた。「なにの兵法《へいほう》よりも法華経の兵法をも《用》ちい給《たも》うべし」（新一六二三ページ・全一一九二ページ）で、やっぱり題目《だいもく》に力《ちから》があるさかい、頑張《がんば》れたもんね。

昭和四十九年（七四年）に主人を亡くしてから生活が苦しゅうても、働いて働いて、子どもを一人前にできたがいちゃ。

ホッとしたんかなあ。七十歳で体にガタがきて、頭がフラフラしては転《ころ》ぶがや。メニエール病やら帯状疱疹《たいじょうほうしん》やらになってェ、ついには道で足が出んようになったがよ。パーキンソン病っていわれた。脊柱管狭窄症《せきちゅうかんきょうさくしょう》の手術もしたガ。なんでか知らん、病気ばっかり。

もう御本尊様《ごほんぞんさま》にお願いするしかないガ。お願いすれば、病気の原因が今度は逆に健康の要因になるって、池田先生に教えてもらったもんね。宿命《しゅくめい》転換《てんかん》をかけて、一生懸命に題目あげちゃあ、治療した。

いやー、題目ってすごいなー。こんなに元気になるなんて、思いもせなんだ。体が軽いわ。そうやさかい、座談会で足あげたり、ゴロンとなったりしとる。みんな拍手してくれるよ。

池田先生にお会いしたこと、何回もあります。東京で幹部会があった時とか行ったさかい。

なんで私、池田先生のような素晴らしい心にならんか。爪《つめ》のあかくらいでええさかい、池田先生のような優しい慈悲心《じひしん》が出てこんか。やっぱり題目が足らんさかいかな？

情けないなー思うとるけど、いや、そうでもない。元気でおりゃあ、みんなが喜んでくれる。それを百歳になって思うようになった。ほんまにもったいない話《はなし》やわ。

まあいろんなことあったけど、泳げるのうれしゅうてかなわん。これで終わりやないですよ。池田先生と奥様が百歳になられた時、私も元気におらんな。あのねえ、百十一歳が目標。皇寿《こうじゅ》いうそうです。どうせならそこ目指す。

死ぬこと、どうも思わん。死なんもん。宇宙と一緒にあるがやもん。今度は宇宙や。あの広い広い宇宙で、生きていけるガ。そう思うたら楽しみ。踊《おど》って生まれてきたさかいね、宇宙も踊って行きたいね。あーこりゃ、頑《がん》張《ば》らにゃいかん、頑張らにゃいかん。

水中から。カメラマン「この力強い泳ぎ。ただただ驚きです」

▼取材後記

温水プールには次男・康雄《やすお》さん（六十八歳、壮年部員）と通う。スイスイと楽しそうな禮《ひろ》さんに続いて、地元の年配者も泳ぐようになったという。

たどった道は険《けわ》しい。戦火におびえ、戦後の貧《まず》しさを極《きわ》めた。世のために信心《しんじん》を弘《ひろ》めると、ご近所から疎《うと》まれた。それでも信を磨《みが》いて、宗門事件でつまずく人に言い放《はな》った。

「いかに題目《だいもく》が素晴らしいか、御本尊様《ごほんぞんさま》が素晴らしいかを教えてくれたのは、池田先生ながいちゃ！」

病《やまい》になっても、やれないことより、やれることに目を向けた。

そういう年月を重ねた人が真情を話した時の表情は、何とも言えない温かなものがある。

プールサイドから、渾身《こんしん》のクロールを見つめて、禮さんの言葉を思い返した。

「今に見とれい、今に見とれいがなかなかできなんだけど、百歳になって、今に見とれいが初めてできた。こんな元気で……。頑張《がんば》ってきて良かったなあ」

懸命の息継《いきつ》ぎは、なにくそ根性《こんじょう》の結晶のようだ。この人を見よ。言葉は要《い》るまい。

新宿家族の心意気

「『池田先生と共に』が胸の奥にドンとある」

東京都新宿区　坪井《つぼい》 昭雄《てるお》さん（84）

赤・白・青のサインポールがくるくる回る。「床屋《とこや》やっててよかったなあ。戸田先生にも池田先生にもお会いできましたので、はい」。理容バサミを握《にぎ》って六十九年。坪井昭雄《つぼいてるお》さん＝副支部長＝である。

（二〇二〇年五月一日掲載）

まだ現役《げんえき》ってのが、自分でも信じらんないですよ。なにしろね、仕事が苦にならない。楽しいんですねえ。楽しいから働いてる。

ママさん（妻の喜美子《きみこ》さん、八十歳、支部副女性部長）には「働かないと生きていけないだけでしょ」なんて、ちゃかされますけど、床屋《とこや》が生きがいなんですよ。仕上がったお顔が大きな鏡《かがみ》に映《うつ》ると、皆さんにっこりされるので、幸せを感じるわけです。この縁《えん》がある限りは、ママさんとけんかもできませんよ。

私ねえ、広島の生まれなんです。十歳でした。集団疎開《そかい》しましてね、担任の先生が「ピカドンが落ちた」って言ったんですよ。

家は原爆ドームから一・二キロぐらい。おやじは自転車で出たところを原爆に遭《あ》って、おふくろは建物の下敷《したじ》きになって火が入ったらしいです。姉二人も死んじゃった。

十歳上の姉が、母親代わりになってくれたんです。私が中学二年の時、東京に転勤になったから、腰巾着《こしぎんちゃく》みたいにくっついて行ったの。でも子どもなりに考えましてねえ、中学出て床屋に住み込んだんです。

その店が信濃町《しなのまち》に四十坪ぐらいの土地を買ってさあ、モダンな店を始めたわけ。昭和二十八年だから西暦でいうと一九五三年ですか。この年がまたすごくてねえ。ほら、学会本部が西神田《にしかんだ》から信濃町に移ってきた年だから。

はい、いろんな人がお見えになりましたよ。入り口で「よろしくお願いします」って、おじぎする若い男性がいたんです。信心《しんじん》する前だから、誰だか分かんない。その人が「これから大阪に行くんです」とか「山口に行ってきます」とかおっしゃるもんで、よく旅行する方だなあぐらいにしか思ってなかった。

そうこうしてると、店のマスターが信心したの。店の二階でもって題目《だいもく》をあげてる。「おやじもついに狂《くる》ったな」となっちゃった。

私は当時二十一歳でしたねえ。信心《しんじん》を勧《すす》められても、あと一歩が出ない。会合に誘《さそ》われたんです。驚《おどろ》いたなあ。「よく旅する人」が司会してましてね。これがすごい迫力でさあ、命に響《ひび》く声なんだ。こりゃ何かあるぞって。ですから私は、池田先生に折伏《しゃくぶく》されたようなもんですよ。

私が信心したのを、戸田先生はお聞きになったんでしょう。散髪中、こんこんとお話《はなし》をされるんですよ。御本尊様《ごほんぞんさま》を粗末《そまつ》にするとどうなるか、日蓮大聖人《れんだいしょうにん》を迫害《はくがい》した北条家《ほうじょうけ》がなぜ滅《ほろ》んだか。くさびになってますねえ。「これからしっかり信心します」って約束しましたよ。

そうそう、大きな宝を頂きましてね。あの日はちょうど、お店に私しかいなかったんです。そこへ池田先生がカットにいらしたの。イスに座《すわ》られて、「この頭、坪井《つぼい》さんにお任せします」って。私は池田先生が大好きだから、髪型が崩《くず》れないようにって懸命ですよ。なにせ昭和三十五年（六〇年）の五月二日でしたので。そうです、会長就任式の前の日です。

もう、池田先生についていくんだ、って強い一念ですよ。夜八時に仕事

店の前で昭雄さん（左）と喜美子さん

が終わって、中央線で会合に急ぐけど、着いたら最後のあいさつだ。そんな記憶がありますねえ。

昭和四十九年（七四年）に独立したんですけどね、信濃町《しなのまち》で商売してりゃあ、聞きたくないことだって耳にしますよ。でも不思議なの。散々言ってた人が、「創価学会に足向けて眠れねえ」に変わってる。そこには必ず、池田先生の足跡《あしあと》があるんです。

冬の冷たい夜風を切って、新宿の友の家へ駆《か》け付けてくださったとも聞きましたよ。池田先生はとにかく地域を大事にされたの。だから新宿家族の今があるんじゃないかなあ。

私にとって信濃町は、生きがいの町ですよ。戸田先生と池田先生にお会いできたのも、この町だ。いろんな思い出が積み重なってる。古里《ふるさと》です。

人生いろいろありましたよ。ありましたけど、「池田先生と共に」というのが胸の奥にドンとある。「覚《おぼ》えてるよ」とか「分かってるよ」とか、池田先生の一言に、うんと力《ちから》を頂いてます。だからいろいろあっても、笑って逆転できるんです。

そうだ、こんなこともあったなあ。戸田先生を散髪しながら、池田先生のことを「すごい方ですねえ」ってお聞きしたんです。そしたら戸田先生はすごくうれしそうに、「大作は頭がいいぞお」ってね。ずっと褒《ほ》められるわけ。ああ、そういう間柄《あいだがら》なんだなあと思いましたよ。

とにかく、ママさんと夢中で仕事してきました。「感謝してるよ」って伝えてんの。でも、それだけじゃあダメなんですねえ。ママさん、手のひらを私に差し出すでしょ。「幸せなら手をたたこう」のリズムでもって、「態度で示そうよ」なーんて言うんだもん。あまりしゃべるとまた叱《しか》られちゃう。はっはっは。

▼取材後記

原水爆禁止宣言の日(一九五七年九月八日)も、昭雄《てるお》さんは戸田先生を散髪している。父がいれば、母がいれば、と思ったろう。がむしゃらに働いた。家族で行楽地《こうらくち》に行くことは、ほとんどなかった。「命限り有り、惜《お》しむべからず」(新一二八三ページ・全九五五ページ)の心意気だった。

印象深い言葉がある。「私は原爆を知ってますから、池田先生と同じ立場で戦うんです」。多くを語ろうとはしない。「波浪《はろう》は障害にあうごとに、その頑固《がんこ》の度を増す」との心構えが、涼《すず》しい顔の奥にある。

池田先生は新宿家族を「我《われ》らは幸《さち》の城の仲間」とたたえた。その誇《ほこ》りを糧《かて》として、理髪店を切り盛りする。「私らは二人で一人前」

と仲の良い夫婦。最近こんなことがあった。

喜美子《きみこ》さんは昭雄さんに、ゴボウとホウレンソウを買ってきてと頼んだ。「余計なものは買わないでよ」と言葉を添《そ》えた。

レジに向かう昭雄さんは、ずらっと並んだ缶詰《かんづめ》を目にしてしまう。おいしそうだなあ。手を伸ばした。

喜美子さんに角《つの》が生《は》えたのは、缶詰を買ったからではない。「あなたこれ、猫《ねこ》の餌《えさ》ですよ」。夫婦になって五十一年、そこそこ見てきた夫の驚《おどろ》く顔を、喜美子さんはまた見た。

あやうく猫缶を夕飯の一品にされかけた昭雄さん。「最近の猫は結構ぜいたくなんだねえ」と、のんきなのがいい。

「また人間に生まれたい」

高知県南国《なんこく》市　伊尾木《いおき》 芳江《よしえ》さん（103）

四年前だったか、がんを生きるご婦人が、うれし涙《なみだ》でこんな話《はなし》をしてくれた。百歳にならんとするおばあさまが、畑の野菜を手押し車《ぐるま》にいっぱい積んで、トラックが走る道を来た。「病気だと聞いた。これ食べてくれ」――長寿の人の名は、伊《い》尾《お》木《き》芳《よし》江《え》さん＝地区副女性部長。ご存命を祈《いの》りつつ、ご婦人に電話をかけた。「ええ、お元気ですよ。聖教新聞の推進《すいしん》を今月十部されましたから」

（二〇二一年六月五日掲載）

私みたいなトコに寄っていただいて、ありがとう。話すと恥《はじ》をかくけんど、長い時間おってくれます？

はい、今月は聖教新聞を十部した。一生懸命お願いした。何歳になってもね、心失わんようにね、頑張《がんば》ってます。

（伊尾木《いおき》さんのお年になると、少しぐらい休んでもよかろうに、広布《こうふ》の最前線に立とうとする。あえて尋《たず》ねた。なぜそこまで頑張るんです？）

信心《しんじん》は何歳までとかじゃない。年齢じゃない。御書にね、翻《ひるがえ》すな、最後まで信心しなさい、とあらあね。

昔は不幸じゃったからねえ。主人は家庭を顧《かえり》みもせん。働きもせん。信心するのを怒《おこ》りよった。自転車をね、深い川へ放り込まれた。みんなが面《おも》白《しろ》がって見ちゅう。もう人の中へ出るのが嫌《いや》じゃやった。

けんど、タンポポはね、自分のおる所にね、根を張って、踏《ふ》まれても踏まれても辛抱《しんぼう》してね、花を咲かす。その池田先生のお話《はなし》を、私は身で読んだ。それが一番の功徳《くどく》。

昭和三十三年（一九五八年）に信心した。集落の人がね、神様《かみさま》仏様《ほとけさま》をあがめよったけんね、信心を「やめらせえ」言うてきた。いじめられて、いじめられて、田んぼに水をたっぷり入れられて、稲が浮きよったわ。雨がたくさん降って稲がダメになったら、「ナンミョウが腐《くさ》らせた」言うて、村八分《むらはちぶ》になった。

信心の先輩がおりましたでね。その方がね、毎晩《まいばん》のように御書を教えてくれました。

「天《てん》晴れぬれば地《ち》明らかなり」（新一四六ページ・全二五四ページ）。人ではない。自分じゃと。一念を変えたら、力強《ちからづよ》い生命力が湧《わ》くこと、学びました。

人を恨《うら》んだらいかん。「当起遠迎《とうきおんごう》、当如敬仏《とうにょきょうぶつ》」（当《まさ》に起《た》って遠く迎《むか》うべきこと、当《まさ》に仏《ほとけ》を敬《うやま》うが如《ごと》くすべし）の心で、集落の人々を、仏のように敬った。地《じ》獄《ごく》・餓《が》鬼《き》・畜生界《ちくしょうかい》を早《はよ》う、寂光土《じゃっこうど》にしたい。それをね、願《ねご》うた。

一寸の虫にも、五分《ごぶ》の魂《たましい》があらあね。田んぼが福田《ふくでん》になって、いい米ができちゅう。人々が見に来た。「稲はこうならなくちゃあ」言うたら、たまげとった。

池田先生とは二回、会《お》うちゅう。一回目は信心《しんじん》して間《ま》もない頃《ころ》（五九年）。一生懸命に行ったけんど、時間が切れちゃったから、池田先生がお帰りになる後ろ姿だけ見た。

二回目は南国《なんこく》文化会館で（九〇年）。私は恥《は》ずかしいけ、会場の隅《すみ》におったがね。心で「先生、素晴らしい信心、教えてくれてありがとう」言うた。日蓮大聖人《にちれんだいしょうにん》が、池田先生に会わしてくれた思うて、うれしゅうて、うれしゅうて、池田先生をじーっと見よった。

病気もね、信心で乗り越えましたよ。六十代で自律神経失調症。その病気が長いことかかった。ご飯《はん》は食べられん、あげる（吐《は》く）ばっかし。弱って弱って。弟は「姉さんが死ぬる死ぬる」言うて、私は「時間が長くかかってもカマンから、信心で治《なお》す」言うた。

御本尊様《ごほんぞんさま》を信じたけんな。（通院しながら）この仏法《ぶっぽう》で、人間革命したかった。歩幅がだんだん広くなるのをね、町の人が見ちゅう。もっとビックリさそう思うて、農協が海外旅行を募集しよったけ、八十八歳で世界一周のツアーに行った。

まだある。九十代でお乳《ちち》にしこりができちゅう。悪性じゃった。御書にほれ、「この御本尊全《まった》く余所《よそ》に求《もと》むることなかれ」（新二〇八八ページ・全一二四四ページ）で、自分の胸に御本尊様がおられますろ。宇宙大の力《ちから》がある。放射線治療は二十四回。そして百三歳になったがよ。

私は、この仏法《ぶっぽう》に巡《めぐ》りあうために、生まれたと。やっぱし、また人間に生まれたい。生命は永遠でしょ。人間に生まれるのは難しい。爪《つめ》の上の土のように、まれじゃ（新一五九六ページ・全一一七三ページ、趣旨）。だから最後まで、信心強盛《しんじんごうじょう》にする。

デイサービスの友達に、「健康でおるために、正しい信仰《しんこう》しませんか？」言うた。なかなか聞いてくれんかった人が、コロナで不安になったんか、「ちょっとだけけんどォ、南無妙法蓮華経を唱《とな》えてる」言うてくれた。

私のなにがスゴいぞね。皮は垂《た》れ下がって、目は衰《おとろ》えて、話《はなし》は聞こえん。けんど、生きてるのがホントに楽しい。ずっと楽しい。

近くの人がね、「入れ歯がのうなったき、捜《さが》してチョーダイ」言うけんな、私は洗濯機、風呂場、それから台所、捜した。川に流れたかもしれんから、下へ下へも見に行った。昼にな、その人が「口の中にあった」言うてビックリしよる。二人で顔見て笑うた。

やっぱり題目《だいもく》。題目あげたらね、生命力が出る。主人も最後は題目あげたけんな。やっぱり人生は、前へ、前へですね。聖教新聞、また頑張《がんば》る。

▼取材後記

心身ともに健康なお姿を前にすると、かかりつけ医の言葉そのままに「伊尾木《いおき》さんのように元気な人、なかなかおりませんぞ」と言いたくなる。

優しい瞳《ひとみ》で「世界平和」と言った。胸をつぶされるような情景《じょうけい》を話してくれた。先の大戦で弟がフィリピンの戦火に散った。母は、家の外で名誉《めいよ》の戦死と万歳しながら、家の中では全身を震《ふる》わせて泣いたという。

二〇一七年に取材した末期がんを生きる大西和子《おおにしかずこ》さん（七十五歳、県女性部主事）に同席いただいた。手押し車《ぐるま》で土のついた野菜を運んだ話《はなし》になった。伊尾木《いおき》さんは、トラックの行き交《か》う四十分ほどの道の険《けわ》しさを言わず、ただ「大西さんに、お世話になったから」としか言わない。大西さんは「おかげで臆病《おくびょう》の岬《みさき》を越えられた」と話す。

あなたの恩を万分の一も返していないとつぶやく人がいて、あなたのおかげで生き抜けたと涙《なみだ》ぐむ人がいる。伊尾木さんは百一歳の誕生日に、老人会の解散式でみんなにこう話した。

「人の絆《きずな》の弱まった現代。創価学会は人の絆で乗り越えていますよ」

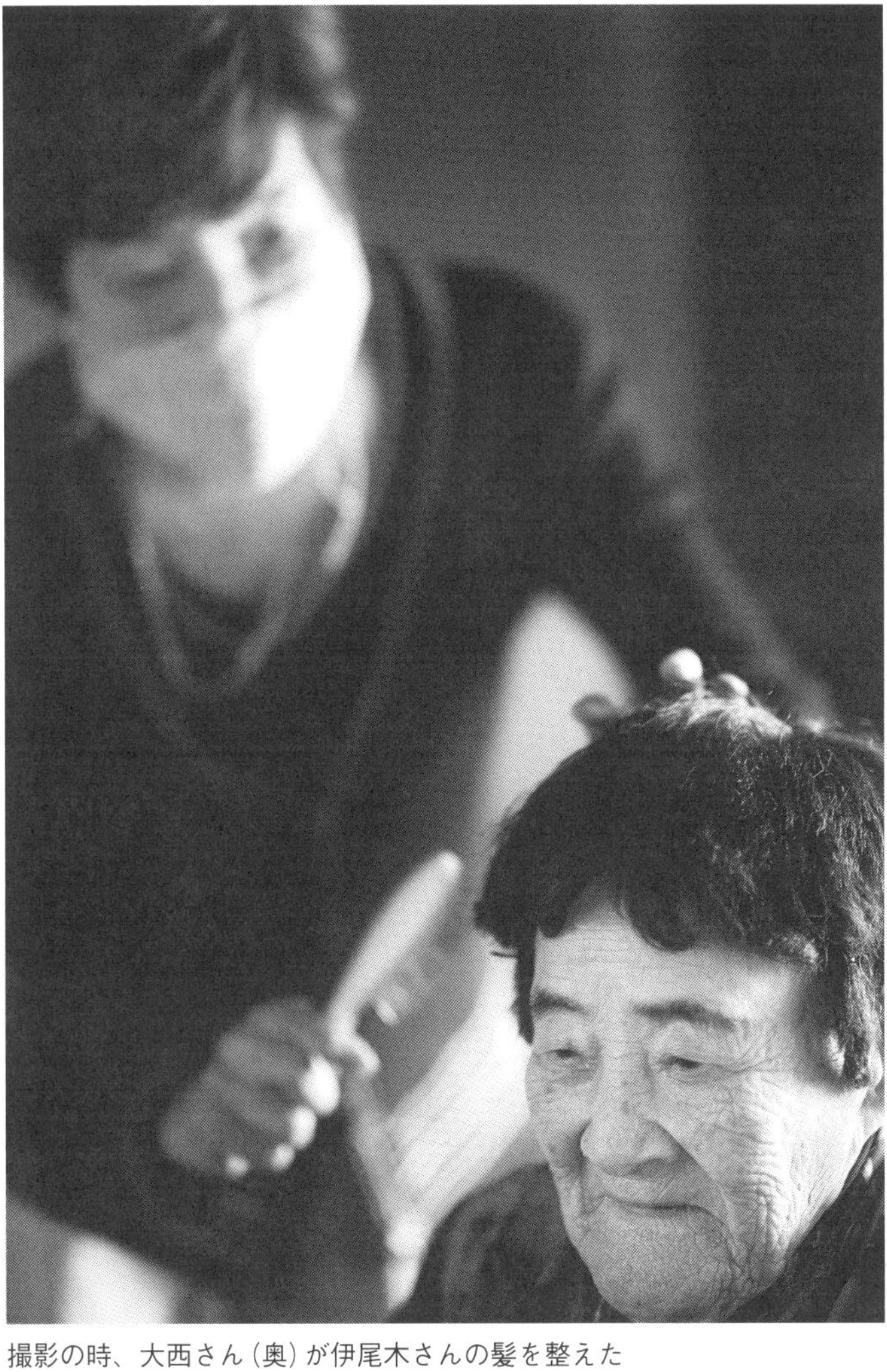

撮影の時、大西さん（奥）が伊尾木さんの髪を整えた

新冠《にいかっぷ》の育成牧場

「私は勝ちました。池田先生のおっしゃる通りでした」

北海道新冠《にいかっぷ》町　吉田《よしだ》 サトさん（102）

のどかな牧場の片隅《かたすみ》に暮《く》らす。日の当たるリビング。吉田《よしだ》サトさん＝支部副女性部長＝はソファに座《すわ》って、放牧《ほうぼく》されている馬を眺《なが》めていた。

（二〇二一年十二月十八日掲載）

もう感謝なしに生きていかれない。「ありがとうございます」って一日に何回言うか分かんない。御本尊様《ごほんぞんさま》のおかげで、池田先生のおかげで、こうして明るく生かしてもらってます。どっこも痛くないし、子どもたちが上《あ》げ膳据《ぜんす》え膳で、ありがたい生活なんです。

お題目《だいもく》、三時間は絶対あげてる。そうじゃないと、目がしょぼんとなりますね。御本尊様持ってても、しない人がいる。そういう人の所に行ってあげたいなあ。

幸せって後から分かるって言うけど、ほんとにそう。御本尊様なかったら乗り越えられなかった。こんな素晴らしい老後になるとは、開拓の頃《ころ》からみれば考えられないこと。ほんと夢のよう。

＊

昭和二十五年（一九五〇年）に入植したの。笹《ささ》の根っこがひどくて、ひと鍬《くわ》ふったらはね返されちゃう。いやーびっくりしました。畳《たたみ》二枚ぐらいを、お父さん（夫・通弘《みちひろ》さん）と二人で一日かかったかな。次女をおぶってやった。手はマメだらけ。

畑だけで食べてはいけない。家族総出で何でもしました。冬は朝三時からボロ小屋で豆腐《とうふ》作った。炭焼きは子どもたちみんな真っ黒になって、やってくれた。

子どもは継《つ》ぎはぎの服で働いてくれるのに、おなかいっぱい食べさせらんない。かわいそう。学校行かせても、お昼になったら弁当ないから帰ってくるの。ヒエのごはん。米はちょこっとしかない。あまりに貧《まず》しいから、組合長が牛を一頭くれたんです。

昭和二十九年（五四年）の十二月に、夕張《ゆうばり》から青年が五人くらい来たった。そーなの。貧乏《びんぼう》が金持ちになるんだって。それで大《おお》みそかに御本尊様をお受けしたんです。

信心《しんじん》分かんないなりに、何時間も歩いて折伏《しゃくぶく》したなあ。すごくいじめられた。「帰れ」「出ていけ」「今に財産取られるぞ」。あーら、私何か悪いことでもしたかなって。畑耕《たがや》して、牛の乳《ちち》しぼって、負けてたまるかって信心できたことは、ほんとありがたいです。

開拓仲間はみんな離農しちゃった。私らも離れたかったけど、お父さんと約束したから。「最後まで日高広布《ひだかこうふ》に人生をささげよう」。苦労しましたけど、残って良かったと思います。昭和四十七年（七二年）に、競走馬の育成牧場の話《はなし》をもらったんです。

人を乗せて走るようにするのが育成なんだけど、簡単じゃない。餌《えさ》やりや馬房《ばぼう》の掃除、馬の手入れで冷たい水にかじかんで……ありとあらゆることやったけど、うまくいかないの。「あそこでいい馬は育たない」と言われました。従業員と波風《なみかぜ》もたっちゃうし。

だけど馬が励《はげ》ましてくれるのさ。人の心が通じるんだね。かわいいなあと思ったら、なついて首をもってくるの。利口《りこう》だ。コッコ（小馬）は、私が行くと寝てても起きてくるしょ。目もキラキラして、題目《だいもく》あげてる人みたいな光がある。高熱の馬に夜通し題目を聞かせたら、朝には熱も下がったから、題目ってすごいな。

そーなの。やっぱり題目が少なかったらダメだ。力《ちから》が出ない。途方に暮《く》れるより、題目でした。すぐ良い方に転換《てんかん》することはなかったなあ。毎日積み重ねた題目が、しぜーんと集計されて、だんだん良い方へ向かってる感じ。ああこれが功徳《くどく》かなあって。

努力が報《むく》われるとは限らないさ。なかなか勝てない馬もいるのよ。だけどゴールに向かって一生懸命に走るの。その姿に勇気をもらってる。自分の人生と重なるからかなあ。気付けば八十歳過ぎても、従業員のご飯《はん》作ってた。

＊

どうすれば百二歳のおばあさんが、池田先生とつながっていられるかしら。小説『人間革命』と『新・人間革命』を年二回は読了してる。自分の信心《しんじん》が狂《くる》わないように。この年でよく頑張《がんば》るもんだなって、自分で自分を激励《げきれい》してる。

池田先生はほんと世界一。いやーすごい。熱が四〇度超《こ》えて、最悪の体調なのに、みんなが待ってるからって行かれるでしょ。ハラハラしながら読んでる。ほんと、池田先生に育てていただいて、この自分があるんだなと。感謝感謝で忘れられないです。

「小さな青バエも駿馬《しゅんめ》の尾につかまって万里《ばんり》を行くことができる」（新三

牧場を始めた頃のサトさん（左）と夫の通弘さん（吉田さん提供）

六ページ・全二六ページ、通解）。池田先生から離れたらダメだね。つながってないと。つないでる手を離すのは、いつの時代も弟子の方だ。離さないの。これからもいっそう題目《だいもく》あげないと。日蓮大聖人《にちれんだいしょうにん》が迎《むか》えにきてくれるような信心してるかなあ、私。

ここ（リビング）から馬を眺《なが》めんの。放牧地を元気に走ってると、ああ今日はいい日だなあってうれしいですよ。馬がそばにいる。それだけで、いとおしいのさ。

▼取材後記

サトさんはソファに浅く腰《こし》掛けて、たくさん話してくれた。夕《ゆう》張《ばり》大会に参加したこと（一九五七年）、池田先生との記念撮影《さつえい》（六五年、札幌《さっぽろ》市内）。一筋《ひとすじ》の光を見失うことなく歩いてきた。

取材の中で、記者の心構えにしたくなる言葉を聞いた。一緒に紙面を作りましょう、と提案した時だ。

「はい。これが最後だから」

そろそろ取材が終わるという「最後」ではない。命のともしびを見据《みす》えた「最後」だと思う。そういえば、立ち上がるにも「よいしょのしょっと」の一声で自らを鼓舞《こぶ》するし、言葉も体全体を絞《しぼ》るようにして、つむいでいた。人生総仕上げの覚悟《かくご》をもって取材に臨《のぞ》んでくれたことに、胸を突《つ》かれた。

諸難《しょなん》があろうと、己《おのれ》を裏切らずに信を貫《つらぬ》いたサトさん。新冠《にいかっぷ》の母は勝ったのだ。

「うん、私は勝ちました。池田先生のおっしゃる通りでした。やっぱり最後は勝つんだ。苦労して苦労して、乗り越えて乗り越えて、自分は勝ったなと」

元日、サトさんは誕生日を迎《むか》える。昔は家族で喜ぶことも、新年を寿《ことほ》ぐこともなかった。「今は全国で自分のお祝いをしてもらってる」。いやあれは新年のあいさつで……とヤボは言うまい。そうですとも。元日は、全国の友がサトさんの誕生日を祝う日でございます。

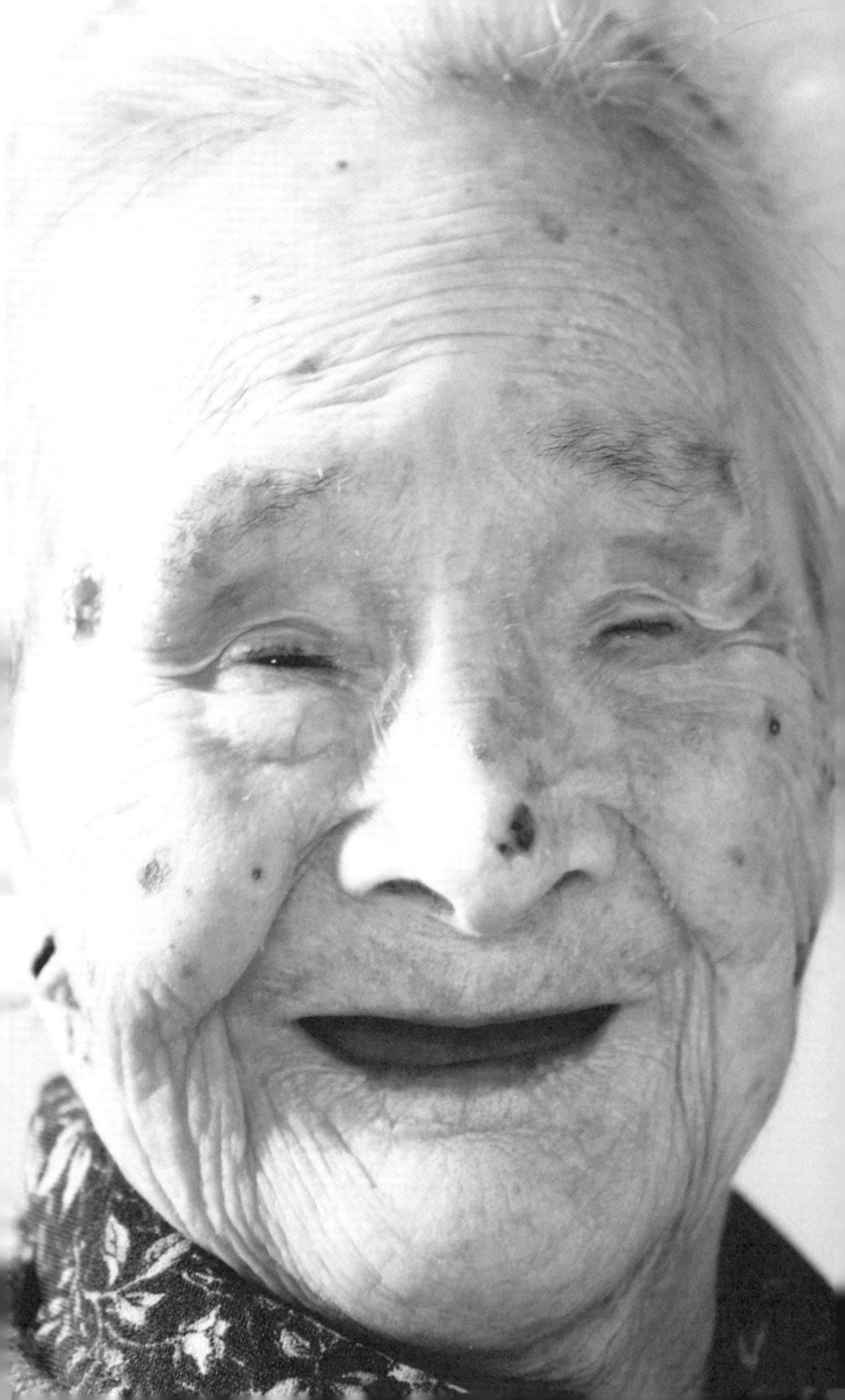

花のような純粋な信心《しんじん》

「目が開《あ》けば自然と題目《だいもく》あがっとるもん」

熊本県天草《あまくさ》市　山下《やました》 トクエさん（100）

素朴《そぼく》な言葉の端々《はしばし》に、はっと胸を突《つ》かれる響《ひび》きがある。「題目《だいもく》は切らさん。他になーんも考えとらん」。特別養護《とくべつようご》老人ホームで暮《く》らす、山下《やました》トクエさん＝地区副女性部長。どん底から力強《ちからづよ》く這《は》い上がってみせた暦《こよみ》の移《うつ》ろいを伺《うかが》った。「いろんなことがありすぎたばってん……もう忘れた。ははは」。何ものにも屈《くっ》せぬ心の鼓動《こどう》が、聞こえてくる。

（二〇一八年七月三日掲載）

もう百歳か。人生いばらの道やった。子どもがな、病気になってからがな、もう悩《なや》んでばっかり。ははは。

次女の恵美子《えみこ》が小学一年の二学期にな、腎炎《じんえん》から尿毒症《にょうどくしょう》を起こしてな。四〇度の熱が出て、けいれんが七時間も続いたですよ。手足もだらん。舌かんだらいかんけん、しゃもじに布巻いて、くわえさせてな。

二年生から私がおぶって、小学校に行ったもん。三年生の運動会はな、担任が抱《だ》いて走ってくれらした。

お医者さんがな、「二十歳《はたち》までしか生きられん」言うた。ぐにゃっとした恵美子ば抱《かか》えて、父ちゃんといろんな宗教出入りしたと。キツネとかへビとか何でも拝《おが》んだ。祈禱師《きとうし》も家に来た。中学の卒業アルバムは恵美子だけ顔写真。

諦《あきら》めかけた昭和三十七年（一九六二年）にな、赤ちゃんおぶった近所の人が、折伏《しゃくぶく》に来よらしたですよ。どうしようか、悩んだところへ恵美子が私の目見てな、「信心《しんじん》させてくれな」言うた。それで恵美子と二人で御本尊《ごほんぞん》を受けたと。

父ちゃんが怒《おこ》るけん、かまどでご飯炊《はんた》きながら小さい声で勤行《ごんぎょう》しよった。でも「俺もせんば、つまらんわい」言うて、父ちゃんと上の娘《むすめ》も信心したと。うれしかー。

教わった通りに信心したとよ。恵美子が足引きずって歩けるようになったけんな、腕《うで》組んで一緒に折伏しよったもん。塩ばぶっかけられた。風呂の水もぶっかけられた。でも「これに懲《こ》りず、また来る候《そうろう》ぞ」。聞こえるごと言って帰るったい。

昭和四十三年(六八年)の〝花の撮影会《さつえいかい》〟は、忘れられん。池田先生が入って来らした時はな、磁石《じしゃく》に引き寄せられるごた感じがしてな。〝花のような純粋な信心《しんじん》をね〃。端《はじ》におったもんじゃで、それしか聞こえんじゃった。

最前列で正座《せいざ》して写ったと。膝《ひざ》の前に、小さい花瓶《かびん》にバラがあったけんですね、一輪《いちりん》もらって帰ったですよ。それを庭に挿《さ》し木《き》してな。見事《みごと》に根付いて、それはそれは大きな花が咲いたとよ。

でも恵美子《えみこ》の発作《ほっさ》は、いつ来るか分からんばい。恵美子がな、バス停まで歩きよったらな、けいれん起きて、真っ逆《さか》さまに海の岩場に落ちたと。頭打って、病院行った。危《あぶ》なかけん、どこにも一人で行けんじゃった。

それに発作が起きたら、すごか力《ちから》で暴《あば》れたと。抑《おさ》えきらんもん。ろうそくがひっくり返って、障子《しょうじ》も破《やぶ》れた。顔も一変《いっぺん》するもんね。怖《こわ》い顔。

三十年近くはその繰《く》り返したい。一番つらかは恵美子じゃろう。病院行く前は二人で唱題《しょうだい》したと。何十年といろんな薬を試したけど、てんかんで体が硬直《こうちょく》するけんな……悔《くや》しかった思います。「なんで私ば産《う》んだと！」

山下さん（右）と長女の大平ハツエさん

言われた。ははは。

そがん時は、池田先生の花ば見て頑張《がんば》ったもの。白いバラ。先生のこと思えば、うれしーてなあ。題目《だいもく》だけはな、切らさんかった。

ある日の聖教新聞にな、こがん話《はなし》が出とった。悩《なや》みは全部、自分の持ち物じゃっと。わたしゃな、御本尊様《ごほんぞんさま》の前で話したと。「私の宿業《しゅくごう》が故《ゆえ》に、恵美子《えみこ》を困らせております。今やっと分かりました。ごめんなさい。どうかこの子を幸せに……」。御本尊様に謝《あやま》った。

祈《いの》りが変わった頃《ころ》じゃもね。恵美子に合う薬と、ぱっと巡《めぐ》りあったですよ。手を曲げればポキ、足を動かせばポキ、ポキポキ音立てて良うなっていった。わたしゃあ、躍《おど》り上がったですよ。

題目はすごかなあ。なんもかんも、みーんな片付けてしもうた。恵美子は毎日、御書を読みよったけんな、言語障害が治《なお》ったです。買い物も手押し車《ぐるま》で行きよったし、料理もしよったと。片方の手しか、かなわんけんですね。野菜も、おなかにつけて、皮をむきよった。卵も上手に割ってチャーハン作って。かぼちゃの煮《に》しめは最高ったい。「あんたが作った料理が、いっだん（一段と）うまかやっかい」言うてあげた。

挿《さ》し木《き》したバラも、恵美子が小まめに手入れしてくれたとです。村の人に花を渡してなあ。昔の様子《ようす》ば見とらすけん、喜んでくれたとです。

恵美子が五十八歳の時ばい。仏間《ぶつま》の襖《ふすま》を開《あ》けると、あの子がきちーんと正座《せいざ》しとってなあ。勤行《ごんぎょう》の前にな、「人間革命の歌」ば歌いよった。笑顔が出たと。わが子の見事《みごと》な宿命転換《しゅくめいてんかん》ですよ。

十一年前（二〇〇七年）に六十歳で逝《い》ったと。最後は十五分ぐらい「ありがとう」を繰《く》り返しよったもね。ははは。

恵美子にせっかく福運《ふくうん》ば積ませてもらったとて、気が緩《ゆる》むとゼロになる。

「うるし千ばいに蟹《かに》の足一つ入《い》れたらんがごとし」（新一四三五ページ・全一〇五六ページ）。わたしゃあ、創価学会の看板《かんばん》があると。この看板は下ろされん。

今はな、目が開《あ》けば、自然と題目《だいもく》あがっとるもん。私の人生は題目で埋《う》まっとる。池田先生に感謝、御本尊様《ごほんぞんさま》に感謝。そしてから、日蓮大聖人《にちれんだいしょうにん》のお迎《むか》えを楽しんで待っとる。その日まで、元気に常楽我浄《じょうらくがじょう》でいくど。ははは。

恵美子《えみこ》はな、死んで死なずで、ここにおるもね。「一緒にお題目ば、あげような」。そういう時もあっと。恵美子のきれいな題目の声が聞こえることがあっとばい。

今年も庭に白いバラが咲いたとですよ。

▼取材後記

肉体は衰《おとろ》え、外出もままならない。だから施設《しせつ》を訪《おとず》れる地区の友に尋《たず》ねる。「広宣流布《こうせんるふ》は、どがん進んどっとか？」。長女の大平《おおひら》ハツエさん（七十四歳、支部副女性部長）には真正面から、「今日は何時間、題目《だいもく》あげたんばい？」。気持ちは前へ前へ。

ゆっくりと話す。好きな言葉は「南無妙法蓮華経の他に何もなかもね」。池田先生に会ったら「おめでとうございます、しかよう言わんなあ」。池田先生に誓《ちか》いを立てたその日から、題目また題目そして題目。幸せへの挑戦をやめない。

「目が開《あ》けば、自然と題目あがっとるもん」。そう言ったトクエさんは澄《す》み渡っていた。一輪《いちりん》の白い花を胸にかざしているような。そして、いつも師匠がそばにいるような。

神戸《こうべ》の太陽さん

「できないことを嘆《なげ》くより できることに喜びを」

兵庫県神戸《こうべ》市　有正《ありまさ》 仁子《ひとこ》さん(96)

その人から『母』の曲が聞こえる気がしたのには理由がある。有正仁子《ありまさひとこ》さん＝地区副女性部長＝は五歳で母に捨てられた。自分がいざ母親になっても、体が悪くて満足に子育てできなかった。積もり積もった情《なさ》けなさ。その大地で芽吹《めぶ》きの春を見つけた母を、池田先生がたたえているように感じたからだ。

（二〇二二年二月五日掲載）

もう至《いた》らんことばっかりで、トンチンカンなこと言うたら、ごめんなさい。

あのね、大正時代の話《はなし》です。私は母親が産《う》みたくない子だったんですよ。そもそも夫婦仲が悪いところに私が宿《やど》ったもんやから、なんとか流産《りゅうざん》しようと、おなかたたいたり、尻《しり》もちついたりしたんですって。

山の中腹で五歳から父親と二人。お父さん、三回結婚した。お母さんが次々変わったけど、ほったらかしで、小学校もろくに行かせてもらえない。よその納屋《なや》でむしろを敷《し》いて暮《く》らしたこともありました。

なにせ「鈍《どん》くさい子や」言われた。生まれつき手足が痺《しび》れるいうんか、ボタンのはめ外《はず》しも、字を書くことも不器用やし、歩いても足がもつれる。原因が分からない。病院に連れてってくれへんもん。

「育ててもらった恩忘れたか」と父親に怒鳴《どな》られて、知らない農家に嫁《とつ》いだ。体が痛《いと》うて鍬《くわ》も振れん。姑《しゅうとめ》さんに「うちの嫁《よめ》は寝てばっかりで、なまけ者や」とボロカス言われて、親戚《しんせき》にもいじめられた。食事は一番後で、おひつの米粒を指で拾ってしのいだし、痛む体で玉ねぎ植えても、姑さんに全部抜かれる。一事が万事それだった。

これなら産んでくれんかったらよかったのに。数えられんくらい嘆《なげ》いたら、創価学会の人が何度も来た。それがイヤでイヤで、神戸《こうべ》の町に家族で逃げたの。

だけど中学生の長女が、学校から聖教新聞を持って帰るのよ。同級生にもらったんやて。私が新聞たたきつけて怒《おこ》ったのに、子どもたちで難しい勤行《ごんぎょう》を一生懸命するようになったの。「お母ちゃんが元気になるように」。その後ろ姿に、昭和三十六年（一九六一年）、みんなで信心《しんじん》したんです。

もう暮らしは貧《まず》しいもんですよ。お父さんは左官屋《さかんや》で、嫌《いや》なことがあると布団かぶってふて寝する。働いてなんぼでしょ。子どもの学用品も運動靴も、思ったように買ってやれない。長男のサッカーの試合を見に行った時、一人だけ破《やぶ》けたボロ靴で走ってた。

そして四十二歳でした。足が上がらない。とにかくダメな体や。首から下がマヒしたの。下の娘《むすめ》はまだ小学二年生。お医者さんから「寝たきりになる」と言われて、頭の中が真っ白や。

私は年がら年中、せんべい布団の中におる。子どもが茶碗《ちゃわん》洗う音を聞きながら、この子らのことを考えると、お母さんがいないのは寂《さび》しいけど、こんなお母さんでいるのもつらい。心が参《まい》って、ただただ逃《のが》れたいという題目《だいもく》しかあがらへん。御本尊様《ごほんぞんさま》を疑うつもりはないんだけど、結果的に疑ってるでしょ。それが地獄《じごく》や。

池田先生の言葉を先輩に教えてもらったの。〝十年、二十年、三十年と真面目《まじめ》に信心《しんじん》を続けたら、考えもしなかった幸福境涯《きょうがい》になるよ〟。池田先生、私そんなに待てません！　と心で叫《さけ》びながらでも、目標の時間よりあと一分、もう一分と題目あげました。

御本尊様は聞いてくれたんやね。一ミリずつ進んだいうんかなあ。還暦《かんれき》の六十歳で、半人前に家事ができるようになったんです。

歩けるけど人並みとはいかんから、まだ思うように学会活動できない。だから家で友人に手紙をたくさん出したの。手が動く、頭が働く、声も出る。できないことを嘆《なげ》くより、できることに喜びを感じることが大切やねえ。お母さんは一家の太陽やって、池田先生いつも言われるもん。私、太陽さんになりたいな。

振り返るとね、死ぬほど苦しまなあかん人生やった。でも一番つらい時ほど、池田先生を一番近くに感じられた気がします。私が生きることを諦《あきら》めそうになっても、池田先生は一度も諦めなかった。そこに気付いた時はねえ、ほんとうれしくて、もったいなくて、申し訳なくて、謝《あやま》りたい気持ちでいっぱいでした。師匠《ししょう》と共に、こうして生きてこられた幸せね。ずっと一緒やもんね、池田先生と。

平成二十五年（二〇一三年）の九月、八十七歳でした。大きい病院で首のレントゲンを撮《と》ったらね、痺《しび》れてた原因がやっと分かったの。「頸椎症性《けいついしょうせい》脊髄症《せきずいしょう》」（頸椎部で神経が圧迫される疾患《しっかん》）。びっくりしたんは、お医者さんの説明です。「あなたがお母さんのおなかにいる時、衝撃《しょうげき》を受けてます」

家に帰って題目《だいもく》あげたの。いろんな感情が込み上げて、最後にあの一節が出たんです。

「妙《みょう》とは蘇生《そせい》の義《ぎ》なり。蘇生と申すは、よみがえる《蘇》義なり」（新五四一ページ・全九四七ページ）

よみがえってみせる！　大げさかもしれんけど、蘇生した姿を見せるた

編み物も「生きがいの一つなんです」と顔をほころばせる。
この指が、かつて動かなかった

めに、私は生きてきたんや！　題目《だいもく》で生命力が湧《わ》いてくるでしょ。今までの苦労が全部、ありがとうに変わったの。

前向きの心が体に作用したという、そんな感じ。あれから九年、手術はしてません。題目の力《ちから》で蘇生《そせい》させてもらいましたよ。

池田先生に恩返しがしたかった。一昨年にね、同じマンションの友人に信心《しんじん》を勧《すす》めたんです。何回か会話したら、ある日、その友人が訪《たず》ねてこられたんです。「お母さんのような笑顔になりたいから、一緒に信心します」。手を握《にぎ》って喜び合いました。

私、ずっと自分を責《せ》めてたんです。おじゃま虫のダメなお母さんだから。だけどね、みんなが「お母さん」と慕《した》ってくれる。こんな幸せが来るなんて、考えもしなかった。心から思います。池田先生がおっしゃったことは全部、本当だったんです。

▼取材後記

母親への屈折《くっせつ》した思い。続きがある。

仁子《ひとこ》さんは大きくなり、行方《ゆくえ》の知れぬ母を捜《さが》し出した。加古川《かこがわ》駅の改札で再会の約束を取り付けた。ありったけの恨《うら》み言《ごと》を浴《あ》びせるつもりだった。どれだけ会わずとも、お互いすぐに分かった。雑音が消え、母と娘《むすめ》は近づく。母は詫《わ》びを、娘は恨みを言葉にできず、ただ泣いた。

仁子さんが信心して二年、母への思いが変化した。「お母さんは、わが子を殺さなあかんぐらいつらい思いをしてたんかも」。救ってあげたい。仁子さんは憎《にく》しみを超越する。母親に初めて「幸せ」という言葉を使った。母は御本尊《ごほんぞん》を持《たも》った。

紙面には収まりきらない苦闘と感激。気持ちがふさいでいくかつての自分を、「苦しみも生きてる証拠や」と仁子《ひとこ》さんは笑い飛ばせるようになった。ひだまりの部屋で机に向かい、動かなかった指で毛糸の帽子を編《あ》み、色鉛筆を使い分けてぬり絵を楽しむ日々。

「冬」即《そく》「春」の幸福境涯《きょうがい》へ至《いた》った道のり。足跡《あしあと》を健気《けなげ》にしるしたその人に、『母』の曲を歌いたくなる。

第2章

使命に生きる

大酒飲みだった夫に乾杯

「春が来たんだなあ」

長野県坂城町《さかきまち》　宮嶋《みやじま》 一の《いちの》さん（91）

宮嶋《みやじま》一の《いちの》さん＝支部副女性部長＝が信心《しんじん》をしたのは、夫の酒飲みをやめさせたいからだった。なんでこんな人と一緒になったのか。千鳥足《ちどりあし》の夫に肩を貸《か》した。町の人の視線を背中で感じた。夜《よ》な夜な題目《だいもく》を唱《とな》える月日《つきひ》。夫が酒に溺《おぼ》れるわけを知った。

（二〇一六年六月一日掲載）

しわくちゃの、おばあさんになってしまった。もう卒寿《そつじゅ》を越えたんだね。家族が良くしてくれるから、何の心配もなく、寝たり起きたりしています。なにしろ、じいちゃん（夫の良雄《よしお》さん）が酒飲みで、昔はほんと大変だったですよ。一升瓶《いっしょうびん》を持って、ヨタヨタ歩いてる人なんて、今はどこにもいませんよ。

じいちゃんは明かりがついてると、店だろうが、人《ひと》ん家《ち》だろうが、どこへでも入って騒《さわ》ぐんです。うちに電話がかかってくるんです。迎《むか》えに行っちゃあ、そこらじゅうの人に「ごめんなさい」「申し訳ないです」って謝《あやま》って、やっとこ連れて帰る。

普段はおとなしい人なんですよ。内気《うちき》っていうか、物静かっていうか。建築現場のお手伝いと養豚場《ようとんじょう》の掃除を頑張《がんば》ってたけど、酒を飲んじゃうからダメね。行かなくなってクビです。給料袋を落とした時は、さすがに頭にきましたね。グデングデンのじいちゃんに、「これでも分からねえか！」って冷たい井戸水を頭からぶっかけたんですから。「冷てえわ、冷てえわ」って体を小さくしてました。

離婚を何度も考えましたよ。でも小さい娘《むすめ》が二人おりまして、この子らにとっては父親だから。そう思ってじいちゃんを見たら、酒の臭《にお》いさせて、いびきかいてる。もう情《なさ》けないですよ。

見かねた近所の人が、信心《しんじん》を教えてくれたんです。昭和四十年（一九六五年）でした。物置のような離れに住んでましたから、御本尊様《ごほんぞんさま》をみかん箱に「こんな所ですいません」って安置《あんち》したんです。じいちゃんは形だけの入会で、飲んじゃあ昼過ぎまで寝てました。

だから娘が小学校に上がると、私は病院へ勤《つと》めに出たわけ。昼は看護師で、夜は学会活動して、帰ったら洗濯。娘を寝かしつけたら、ずっと題目《だいもく》。

娘《むすめ》が夜中に目をこすりながら、「お母さん、題目代《だいもく》わるから寝ていいよ」って言ってくれた。いじらしいじゃないですか。

だけどじいちゃんは、ステテコのまんま飲みに行く。娘と捜《さが》し歩いたら、道の真ん中で酔《よ》いつぶれてた。世間《せけん》さまに「そんなの、信心《しんじん》やったって治らねえや」って笑われたのは、きつかったね。

もう憎《にく》くてしょうがないから、先輩に相談したんです。そしたら「あなたが変わらないと、ご主人は変わらない」って。ぜんぜん納得いかないですよ。だけど、じいちゃんが交通事故に遭《あ》って、だんだん酒を体が受け付けなくなったんです。

ホント飲まなきゃいい人なんですよ。いつだったかなあ、こんな話《はなし》をしてくれたんです。

実はね、じいちゃんは二度目の結婚なんですよ。前の奥さんが産気《さんけ》づい

孫と楽しく畑仕事。右から純一君、一のさん、夏美さん

て苦しそうだから、リヤカーでそこらじゅうの病院に運んだって。だけど結局どこも見てくれなくて、母子ともに亡くなったって。

戦争に召集された時も、銃《じゅう》撃《げき》の下を泥《どろ》んこで這《は》いずって、仲間がどんどん死んだのに、自分だけが生き延びたって。「つらいことがありすぎて、生きてるのが苦しい……」って力《ちから》なく笑ってました。そういえば、酔《よ》っ払《ぱら》ったら、♪勝ってくるぞと勇《いさ》ましくぅー、って戦争の歌を泣きながら口ずさんでたなあ。

先輩の言葉がやっと分かった気がします。病院の同僚に信心《しんじん》の話《はなし》をして、とにかく題目《だいもく》あげました。じいちゃんを本気で助けたいと思ったんですね。じいちゃんも本当は酒から逃げたいんじゃないか、とも思いました。

十年ぐらいしてからかなあ。ある日、題目あげてる私の背中から、じいちゃんがボソッと「おめえもやってるから、俺もやるかな」って。私の隣《となり》にぎこちなく正座《せいざ》したんです。じいちゃんの両手に、お数珠《じゅず》をかけてあげました。二人とも涙《なみだ》をこらえるのでやっとでしたよ。

それからの勤行《ごんぎょう》は、私がじいちゃんの後ろでやるようになりました。ご祈念《きねん》が長かったのは、前の家族と、戦友のことを回向《えこう》してたんでしょうねえ。「おめえ題目どのぐらいあげた？　おれ三時間あげたぞ」。じいちゃんは、お酒をきれいにやめました。

忘れもしないのが平成六年（九四年）八月、池田先生が長野研修道場に来られた時でした。地区のみんなで行ったんです。お庭に並んでいたら、池田先生が電動カートで来られたんです。手を振ってくださいましたよ。じいちゃんは帽子をとって、ゆっくりおじぎをしたんです。

その時、池田先生が私の方を見てくださった気がしたんですよ。じいちゃんとのことも「全部分かってるよ」って言ってくださったような、そんな感じのまなざしでした。

当たり前の日常ですけどね、「冬は必ず春となる」（新一六九六ページ・全一二五三ページ）で、春が来たんだなあと思うことが増えました。

じいちゃんが、「おい、大根《だいこん》のみそ汁ねえかや？」って。みそ汁だけじゃあアレだから、炊《た》きたてのご飯《はん》をよそって、スーパーで買ってきた刺《さ》し身《み》を並べると、喜ぶんです。一度だけ下向いたまま、「ありがと」って赤い顔してた時がありますよ。「あら、めずらしいこと言った」。それからちょっとして、じいちゃんはプイッと来世に旅立っちゃった。

あれから二十年になります。まあ、寂《さび》しい時はありますよ。そしたら、庭を眺《なが》めるようにしてます。というのはね、じいちゃんは植木が好きで、自転車の荷台に苗木《なえぎ》をくくって来ちゃあ、庭をいじってたんですね。大きく育った緑に風が吹いて、葉っぱがカサカサいうと、じいちゃんがしゃべってるみたい。

そんな具合だから、私の顔のしわは、泣いたり笑ったりしてできたんだな。

▼取材後記

一《いち》のさんに尋《たず》ねた。宝物は何ですか？「孫です」。即答《そくとう》だった。

畑に向かう一のさんの両脇には、肥料を担《かつ》ぐ孫の純一《じゅんいち》さん（中学二年）と、鍬《くわ》を持つ夏美《なつみ》さん（小学六年）がいた。一のさんがせっせと畑仕事に精を出す合間《あいま》、孫たちのおばあちゃん自慢が始まった。

道端《みちばた》のよもぎを摘《つ》んでよもぎもちを作ってくれるんですよ。手をつないで童謡《どうよう》を歌ってくれるんですよ。そうそう、韓流ドラマにうるうるし、湯のみに茶柱が立つと大はしゃぎするし、とにかく、いつでも題目《だいもく》をあげていますねえ――と。

夏めく山野にこだまする愉快《ゆかい》な声。一のさんが積み上げた題目の質と量は、夫を蘇生《そせい》させたのみならず、この孫たちの未来も照らしている。

貫《つらぬ》いた一つの約束

「私ほど幸せな男は他におらん思うちょる」

山口県山口市　荒川《あらかわ》 若人《わかと》さん（82）

まず今回の舞台から説明せねばなるまい。近代日本の夜明けを見つめた料《りょう》亭《てい》がある。現在は公共施設として親《した》しまれているが、元勲《げんくん》・井上馨《いのうえかおる》が名付けて以来、明治から四つの時代を生きた。亭名を「山口市菜香亭《さいこうてい》」という。平成八年（一九九六年）に料亭としての歴史に幕《まく》を下ろす。当時の料理長は心がけていた。「最後まで菜香亭にふさわしい料理をお出しする」。荒川若人《あらかわわかと》さん＝副本部長＝である。

（二〇一六年九月十六日掲載）

格式高い部屋には、元勲《げんくん》らの書を収めた扁額《へんがく》がある。木戸孝允《きどたかよし》や伊藤《いとう》博文《ひろぶみ》、山縣有朋《やまがたありとも》らが足跡《そくせき》をとどめた。岸信介《きしのぶすけ》、佐藤栄作《さとうえいさく》という昭和の宰《さい》相《しょう》とのゆかりも深い。

この料亭《りょうてい》の五代目主人は斎藤清子《さいとうきよこ》さん。「おごうさん」と呼ばれた。優しい顔立ちから出る山口弁で心を尽《つ》くす采配《さいはい》は、まぶしかったという。昭和五十二年（一九七七年）に池田先生がここを訪《おとず》れた際も迎《むか》えたのは、おごうさんだった。荒川さんは、おごうさんに尽くし抜く。

＊

私は板場《いたば》を任されちょりました。店を閉める時、おごうさんから詳《くわ》しい話《はなし》はなかったです。「やめます」の一言でした。「分かりました」とだけ答えました。私には池田先生との約束があるんじゃもん。おごうさんのためにも、きれいに幕《まく》を下ろすことだけを考えちょった。

信心《しんじん》したのは、昭和三十八年（六三年）です。先に妻（佐多子《さたこ》さん、八十一歳、女性部副本部長）が創価学会に入ったんですよ。ほしたら、けんかしても物が飛んでこんようになりました。私は「イワシの頭も信心から」ちゅう思いで、妻に続いたんです。

学会活動が忙《いそが》しゅうなるわね。夜になると、板場から飛んで行っちょった。おごうさんにも池田先生のことを話しました。「いつか、私の手料理を先生に食べていただきたい」ちゅうて。

ええ、よう覚《おぼ》えちょりますよ。昭和五十二年（七七年）五月二十日です。池田先生が菜香亭《さいこうてい》においでになりました。大豆を一晩漬《ひとばんつ》けた「でじる」で廊下《ろうか》を磨《みが》いて、お迎えしたんです。私は板場におったんですが、おごうさんが「すぐに上がりなさい」言うけえ、かっぽう着のままテーブルを挟《はさ》んで、池田先生と向きおうたんです。前も見えんぐらい舞い上がってしもうてから。その時、池田先生は一つ、おっしゃったんです。

「おかみを守るんだよ」

忘れませんよ。お帰りになる時も念を押されましたもん。

生涯、おごうさんを守っていくちゅう構えで、懸命に働きました。「御《おん》みや《宮》づか《仕》いを法華経とおぼ《思》しめせ」（新一七一九ページ・全一二九五ページ）。これですよ。

菜香亭《さいこうてい》が公共施設となってからも、おごうさんの家に毎日、出向くわけです。煮《に》しめを持って行ったり、庭の草取りをしたり、時には話し相手になることもありました。

ただ人生には、思わんことも起きるもんですなあ。

平成十二年（二〇〇〇年）から、四十歳の息子が「盗聴《とうちょう》されちょる」言うてテレビのコンセントをちぎったり、家中の電気を消すようになったんです。あんまり行動がおかしいけえ、病院に連れて行ったら、「統合失調症」じゃ言われたんです。

私らは、ろうそくの灯《ひ》で暮《く》らしました。暴《あば》れて壁《かべ》に穴を開《あ》けるし、包丁を持ち出したりするけえ、妻と車《くるま》の中で題目《だいもく》をあげちょった。こんな日がいつ終わるんじゃろう思うてなあ。手に負えんで、半年だけ入院させたんです。

家がどんなに大変でも、おごうさんから電話があれば飛んで行っちょった。「箸《はし》がない」ちゅうて困っておいでなら、箸を届けにあがりました。私が行けん時は、妻が行った。

こがな時に？　そうは、みじんも思わんです。「おごうさんを守る」ちゅうんが、池田先生との約束じゃもん。約束を守ろうとすれば、力《ちから》が出るけえ。

その力《ちから》が、息子との日々に向き合わせてくれちょったんかもしれません。

一昨年（二〇一四年）、息子は五十四歳で亡くなりました。最後は脳梗塞《のうこうそく》と十二指腸《じゅうにしちょう》がんになって、寝たきりじゃった。ほいでも息子は、自由の利《き》かん手で御書をめくっちょった。

ある日、私らに言うんです。「わし、二人の子って言ってもええかねえ」。私は、息子がいとおしくて、いとおしくて、たまりませんでした。妻は何度もうなずきながら、泣いちょった。壁《かべ》の穴はそのままにしちょります。息子とのええ思い出ですからね。

おごうさんは九十歳を過ぎて、施設に入られました。私は毎日、顔を出しました。着物姿のおごうさんは、いつも背筋を伸ばして、達筆《たっぴつ》な手紙を凛《りん》と書いておられた。手紙でたくさんの縁《えん》を広げた人でした。

そうそう。実はね、おごうさんから「大切にしなさい」ちゅうて、渡さ

若人さん（右）のそばにはいつも妻・佐多子さんの笑顔が

れた物があるんです。ふくさに包んでありました。広げると、池田先生の奥様からのお手紙でした。

おごうさんは、池田先生が菜香亭《さいこうてい》に来られた時の話《はなし》を、ようされちょりました。ほんで、先生の一歩後ろに控《ひか》える奥様の居住《いず》まいを、最後まで感心されちょった。「荒川《あらかわ》、奥様はすごいお方じゃね」ちゅうて。

平成二十三年（二〇一一年）五月三十一日に、おごうさんは永眠されました。九十三歳でした。

私が誇《ほこ》れることは一つです。池田先生との約束を一度もたがえなかったこと。それだけです。他には何もない。何もないけど、私ほど幸せな男は、他におらん思うちょる。

おごうさん、改めてお礼を言わせてください。荒川は今も元気でやっちょります。お仕《つか》えした日々は、私の宝です。本当に、ありがとうございました。

▼取材後記

順風とは言えない人生だったが、荒川さんは、ゆったりとした口調で「成り行きですから」と言った。そこに投げやりな響《ひび》きはない。身に起こる全てを、「功徳《くどく》」と笑って受け入れる。

闘病した息子の早世《そうせい》、糖尿病と脳梗塞《のうこうそく》になった妻を支える日々。はた目には大変と映《うつ》っても、慌《あわ》てふためかない。「ただ流れに身を任せちょるだけ」と笑う。

流れとは、世法の濁流《だくりゅう》か、仏法《ぶっぽう》の清流か。荒川さんは迷わず、後者を選んだ。大船は、やがて大海に流れゆくことを熟知している。「御本尊《ごほんぞん》を疑うとか、そういうことを考えたことがないもん」。人生を共に歩んできた妻が裏付ける。「夫の信心《しんじん》に波はありません。淡々《たんたん》と題目《だいもく》をあげちょります」。やはりこの人も、題目の人だった。

心に錦《にしき》を

「御《ご》本《ほん》尊《ぞん》様《さま》がわが家《や》へよう来てくれはったなあ」

滋賀県草津《くさつ》市　中村《なかむら》 ツヤ子《こ》さん(102)

手元の辞書で「もったいない」を引いてみた。①そのものの値打ちが生かされず無駄《むだ》になるのが惜《お》しい。②過分のことで畏《おそ》れ多い。かたじけない——とあった。中村《なかむら》ツヤ子《こ》さん＝支部副女性部長＝が「もったいない」とチャーミングに言えば、おのずと②になる。

(二〇二〇年八月八日掲載)

老いては子に従えやから。家を建て替えて、長女夫婦と暮《く》らしてます。今は御隠居《ごいんきょ》さまで、ぼーっとしててもご飯《はん》が出てくるし、何も言うことないですなあ。

三女がおはぎを持ってきてくれたんですわ。うれしーて、いすに腰《こし》掛けよう思うたら、ドスンと尻《しり》もちついて、起きられしません。救急車呼んでもうたら、近所の人が手を合わしはったわ。大腿骨《だいたいこつ》を折ってしもた。ほんで、検査したら大腸がんがひょっこり見つかって、手術の運びとなりました。まあ、年が年やし、まな板のコイやから、どないとしはったらええわ、いう気持ちでしたけどな。

まーほんまに毎日がね、こんなにしてていいんかしらン？　思うくらいね、元気にさせてもうてます。

私ね、京都は丹後《たんご》の生まれです。私が二歳の時、お父さんが列車の事故で亡くなって、母は産後の肥立《ひだ》ちが悪くて、後を追うように死んださかい、近所の乳母《うば》さんに大事に育てられましてなあ。どこへ出しても恥《は》ずかしくないように言うて、裁縫《さいほう》から行儀《ぎょうぎ》見習いまで教えてくれはったんですわ。せやから紡績《ぼうせき》工場で働いてね、乳母さんに毎月二円あげました。でも一円も使わらへんのです。乳母さんが亡くなる前ですわ。病《やまい》の床《とこ》から貯金通帳をくれはりました。私の名義になっていました。

信心《しんじん》したのは、昭和三十二年（一九五七年）です。折伏《しゃくぶく》は楽しいですなあ。主人（益夫《ますお》さん）とよう行きましたわ。田植えの時分に、二人して田んぼにバイクごと落っこちたことを思い出しては、今も笑うてますんや。

国鉄（ＪＲの前身）で経理をしてた主人は、「堅物《かたぶつ》のまっさん」で通ってました。御書と時間には厳《きび》しい人やった。でも子煩悩《こぼんのう》なところもあって、娘《むすめ》が高熱出したら、職場からスリッパのまま走って来たさかいなあ。

いっつも夫婦で、池田先生の話《はなし》してましたなあ。「お会いしたいなあ」「そうやねえ、一番ええ服装で行かなあかんなあ」。そない言うてました。

思い出したんがね、白生地《しろきじ》ですねん。戦死した兄がね、くれてましたんや。私、大事に持ってたんです。藤色に染《そ》めてもうて、広衿《ひろえり》をこしらえましてな。帯を締《し》めますから、ピシッとしますわな。白い帯で、おめでたい模様なんですわ。せやからね、もし、池田先生にお目にかかれるんなら、藤色の広衿を着ていこう思うてたんです。

まさかですわな。昭和五十六年（八一年）十一月にね、三女が訪中団から帰ってきましてん。ちょうど、池田先生が滋賀研修道場にいらっしゃったのでね、帰国の報告しに行く言うんです。米原《まいばら》の駅まで迎《むか》えに行きましてな。雨降ってたさかい「お父さん早《は》よ」言うて、着替えもせんと車に乗ったからねえ。あの時、何着てたやろう。かすりのモンペを履《は》いてたのは覚《おぼ》えてますわ。

研修道場の街灯の下に車止めて、娘《むすめ》を待ったんですわ。でも、どういう流れでそうなったんやろう、私らも先生にお会いさせていただくことになったんです。

もーね、カチンコチンに緊張してね。池田先生はいろいろ聞いてくださいました。返事するんでやっと。服装のことなんか考えてる余裕なかったですわ。

先生は優しいお顔でね、「いいお母さんですね。元気でいてくださいね」って。そうです、そうです。それだけは覚えてます。次女が家で題目《だいもく》をずっと送ってくれてたさかい、先生とお会いできたんかも分からんねえ。

服装もそうですが、いつ池田先生にお会いしても、恥《は》ずかしくない信心《しんじん》しとかなあきませんな。そない思うて、頑張《がんば》ってきました。眠りを断《た》ってでも題目《だいもく》あげなあかん時も、そらありました。せやけどそれが、人生の思い出になると思います。

おかげさまで今は、おいしいもんが食べたい思うたら、スイカやら焼き芋《いも》が届くし、近所の人が私を大事にしてくれはるし。せやから私は、皆さんに題目を送らせてもろてます。

あの日、池田先生は、かすりのモンペ姿の私に「心の錦《にしき》」を着せてくれはった。あの温《ぬく》もりというのか、優しさというのか、どう表現したらええのかなあ。自分でも分からしません。

自分は「錦」を着てるんや。そない思うと、勇気がみなぎるんですよ。信心《しんじん》した時の気持ちを忘れんよう「生涯青春や！」言うて、頑張《がんば》ってます。池田先生の心がね、私の胸にあるから、怖《こわ》いもんがないんです。感謝しかないんです。だから題目をあげてると、自然と涙《なみだ》がこぼれます。御本尊様《ごほんぞんさま》

親子４代で笑顔の万歳

がわが家《や》へよう来てくれはったなあ思うわ。

あんまり泣くさかい、眼科行ってきました。なんともないそうです。目薬くれはりました。なんで涙《なみだ》が出るんやろ。やっぱり幸せやからでっしゃろか。もったいないことですなあ。

▼取材後記

ツヤ子《こ》さんから暑中見舞いのはがきが届いた。ざるに盛られた夏野菜が大きく印刷されていた。スイカ、トウモロコシ、ナス、トマト。ちょっと電話してみよう。「絵やからね、食べられへんので気の毒やけど、おいしそうやなあ思うてくれはったら、うれしい」。優しい気持ちがじんわり伝わる。

ボールペンで「今まで生きて有りつるは、このことにあ《遇》わんためなりけり」（新二〇八五ページ・全一四五一ページ）と丁寧《ていねい》に書かれていた。

ツヤ子さんの弾《はず》む声。「冷やしてから、よばれてください」。粋《いき》な言葉に笑い合った。このはがき、早速、冷蔵庫に入れておこう。

人生の勝利者とは？

「貧《びん》乏《ぼう》でもええ。心にダイヤモンドを持てばええ」

青森県五所川原市《ごしょがわらし》　三浦《みうら》 弘江《ひろえ》さん（99）

みちのくの桜が見頃《みごろ》を迎《むか》えても、部屋にはストーブがたかれていた。やかんから立ち上《のぼ》る湯気を挟《はさ》んで、三浦《みうら》弘《ひろ》江《え》さん＝地区副女性部長＝にあれこれ聞いた。そこへ電話が鳴る。三浦さんが受話器を取り、はっきり言った。「今、取り調べ受けてんだ」。思わず、カツ丼を頼みそうになった。

（二〇一九年五月三日掲載）

津軽弁《つがるべん》、分かりますかァ？　んだか。おしゃれな言葉できないよォ。今九十九歳。たまに故障起きたりします。一人ですから、何でもやらねばだめです。毎日、畑仕事に忙《いそが》しい。ノコギリ持って大工仕事もやるよ。

おらほの地域は老人ばかり。裏山から猿が下りてくるし、虫もたくさん出る。どうせなら猿と虫、励《はげ》まし合って暮《く》らしてます。

昔は岩木川《いわきがわ》で洗濯した。貧乏《びんぼう》。「おしん」と重なるでばさ。母親、無口だでの。おらを奉公《ほうこう》さ出す時、一言《ひとこと》「元気で行け」と。見せないけどの、泣いてたべ。給料で足袋《たび》、買ってあげた。大事にしてくれたよ。穴開《あ》けば、そこさ布っこ張って履《は》くんだもの。

昭和三十五年（一九六〇年）からの信心《しんじん》だ。信心は楽しいよ。題目《だいもく》も楽しいでばさ。

「いつまでもおらたちを面倒みてください」って御本尊様《ごほんぞんさま》にしゃべってて

るっす。歩いてる時だの、お医者さんに見てもらってる時だの、心の中で題目あげてる。体がスウスウして気持ちいいよ。うそでない。こったらいい信心、やった方が得だ。あんた、どんですか？　功徳《くどく》ありますか？　ほお、そうですか。大変よろしいです。

（ここで、三浦さんにいくつか質問をした）

【質問一】もしも、二十歳《はたち》に戻《もど》れたら？

創価大学さ入りてえ（即答《そくとう》）。笑われるかも分かんねえけどのォ、正直に生きるために勉強したい。もっともっと深く分かるもの。教えてくれるのは池田先生だ。

池田先生は、おーきな人だ。いつも優しい言葉でおらたちを褒《ほ》めてくれるもの。優しい。涙《なみだ》出てくる時あるもの。あんたもそう思いませんか？

【質問二】長生きの秘訣《ひけつ》は？

三食ご飯《はん》を食うことだ。夜は納豆。朝は梅干しィ。粗食《そしょく》が体にいいっきゃ。んだよ。医者もそう言ってるべし。

次に、学会活動することだ。人のために尽《つ》くすことだ。今、施設《しせつ》入ってる人のとこさ、会いに行ってんの。心で題目《だいもく》あげながら歩くんだっきゃ。マイカー（手押し車《ぐるま》）で片道三時間。うそでない。疲《つか》れたら腰《こし》下ろして、深呼吸して、景色《けしき》見てよォ。ああ、生きてて良かったァ思うもの。

本当は、池田先生がみんなの家さ行かれるはずだべさ。でも、おらが代わりをさせてもらってんの。それを想像して歩く。この足、広宣流布《こうせんるふ》のために使えばええ。

【質問三】悩《なや》みはないですか？

ない（これも即答《そくとう》）。悩みは自分でこしらえるもんだでば。たいていは、起きてもねえことに悩んでる。そういうことは体に毒《どく》です。

もう、なんも欲がねえ。なんも心配ないだべすの。御本尊様《ごほんぞんさま》があるのに、愚痴《ぐち》言う人はかわいそう。「あんた何の宗教やってんだ」って言いたい。ついでに、御本尊様にお世辞《せじ》言う人、大っ嫌い。しゃくにさわる。

悩みがある人は、祈《いの》るようになってんだもの。御本尊様の前に、ただ座《すわ》ればいいっきゃ。御本尊様と親《した》しくなれば、身が軽くなる。うそでないよ。題目だ。題目。病気しても、題目あげれば治《なお》るもの。効《き》き目一〇〇パーセント。絶対だ。

生きてりゃあ良いこともあるし、悪いこともある。御本尊様としゃべんねば。信心《しんじん》して教員しながら、冬は腰まである雪をこいで聖教新聞さ配達したことが、おらを強くしてくれたんだ。愚痴《ぐち》をこぼしてどうするべ。

【質問四】では最後に、「人生の勝利者」とは？

人生の勝利者？　また難しいことを……。

（目を閉じて少し考えて）どんなことでも、全部自分の身に染《し》み込ませた時、人は人生の勝利者になるんでねえべか。そう思うばっての。おらにはそれが、今でねえべか（目を閉じたまま、話された）。

「冬は必ず春となる」（新一六九六ページ・全一二五三ページ）。貧乏《びんぼう》でもええ。心にダイヤモンドを持てばええ。人さ迷惑かけないで、自分が光ればええ。そのための信心《しんじん》だでば。悩《なや》むことはない。大丈夫だ。信心、一生懸命やるべし。

いや、お粗末《そまつ》さまでした。ぼちぼち、ご飯《はん》作るっきゃ。今日は、卵焼きィ。

畑仕事をする弘江さん

▼取材後記

奉公《ほうこう》しながら小学校に通い、十八歳で樺太《からふと》（サハリン）まで出稼《でかせ》ぎに行った。戦後のひもじさを生き延び、四十歳ごろまで小学校の教員を務《つと》めた。自分のことを隅《すみ》に置き、親ときょうだいの面倒をみながら年を重ねた。五十歳を過ぎて結婚の話《はなし》を受けた。苦労はあっても暗さはない。

池田先生を思う時、人生は楽観に傾《かたむ》く。話を伺《うかが》って、そう思った。弘江《ひろえ》さんはこの年になっても、信心《しんじん》に気を抜く様子《ようす》をいささかも見せない。愚痴《ぐち》もなく、休むことなく、背負った荷を下ろすこともなく、朗《ほが》らかに歩いてきた。それが、「おらの役目だっきゃ」と笑う。土の匂《にお》いのする津軽《つがる》のなまりに、ダイヤモンド以上の輝きを思う。

ただ聞き取るには少々難しいなあ、と思った。例えば……。

弘江さんは当方のことを「おたく」と呼ぶほかに、何度か「わけもの（若者）」とも呼んだ。それが「バケモノ」に聞こえてしまった。うろたえてしまい、胸の内を明かした。

すると、弘江さん、会心《かいしん》の笑み。問題はその次だ。笑顔でぼそっと、「バケモノでもあんまり変わんねえっきゃ」。

なしてだ！　なして……津軽弁、難しいでばさ。

約束の右手

「ワシはこの信心《しんじん》にほれちゃったに」

岐阜県中津川市《なかつがわし》　伊藤《いとう》 富子《とみこ》さん（95）

ものすごい食欲だ。伊藤富子《いとうとみこ》さん＝地区副女性部長＝は、茶碗《ちゃわん》でお顔が隠れるほど、お昼ご飯《はん》をシャカシャカとかき込んでいる。米粒を飛ばしては、思いの丈《たけ》を語る語る。もう絶好調。

（二〇二一年十二月四日掲載）

朝からよお、大きな声で題目《だいもく》あげとるで、腹減るに。腹が減っては戦《いくさ》ができんて。ワシはカボチャのような顔のばあさんだけどよお、女には違いないで。女が負けちゃあ#＊@%$（お口にご飯《はん》を詰《つ》めすぎて聞き取れず）。だもんで、ザマーみろ（とお笑いになるが、何への恨《うら》み節《ぶし》かは不明）。

いろんな目にあってもよお、こうして生きとるらあ。もうおまけやわ。九十歳以上はおまけ。人間に生まれたことが最高やもんで、目が開《あ》くだけで喜んどるに。ほやけん、おかずが一品増えりゃあ、それはどえらい功徳《くどく》やて（豪快《ごうかい》に米粒を飛ばしてお笑いになる）。

そりゃあんた、怒《おこ》っとるより笑っとった方がええわ。元気に腹の減るような題目あげとるよ。そんな難しくは祈《いの》っとらん。ただお礼。御本尊《ごほんぞん》様《さま》ァー！　今日も元気ですゥー！　ありがとうございますゥー！　言うとるだけや。何でも乗り越えるちゅうので、ワシはこの信心《しんじん》にほれちゃったに。

昔、おとっちゃん（夫）が、ウソこいちゃってよお。働くフリして弁当持っちゃあ、名古屋で競馬よ競馬。家にちっともゼニ入れねえの。もう死んじゃろう思うて、子どもと線路際《ぎわ》に立ったに。そしたら犬が出てよお。坊《ぼう》が「母ちゃん、ポチが迎《むか》えにきたで帰ろ」ってすがるで、我《われ》に返ったね。

でもよ、おとっちゃんがチャランポランなことやってワシを困らしたから、信心できたと思うよ。

こういうわけ。橋のたもとで店して、昆布《こんぶ》のつくだ煮《に》なんかを売ってよお。昭和三十一年（一九五六年）の一月だ、客のおじさんがチラシの裏に三角の図面を描《か》いてよお、「てっぺんが創価学会です」ちゅーらあ。ナンジャラホイと思ったら、牧口先生と戸田先生の話《はなし》を言わっしゃる。どうせやるなら、てっぺんがええもんで、ほいで信心したの。

題目《だいもく》あげたら、どんどん明るうなってよお。それまではキッツイお富《とみ》さんやったに。「愛より金や」言うとったおとっちゃんも、以心伝心《いしんでんしん》で変わったに。

貧乏《びんぼう》を抜けるのは長かったね。周《まわ》りにスーパーができて、台風で店が吹っ飛んじゃったのよ。子どもが四人おるらぁ。ほやけん、昼は鉄鋼《てっこう》工場の事務で働いて、夜はおとっちゃんと焼き鳥屋しとったに。

とーにかく働いたもん。御本尊様《ごほんぞんさま》の前に座《すわ》ると、やれやれになっちゃって、ウトウトしてたら、ろうそくで前髪が燃えたのよ。

「月々日々につよ《強》り給《たま》え」（新一六二〇ページ・全一一九〇ページ）や。赤鉛筆で線引いとるで。自分に負けると、どんどん穴ぼこに落ちるでよお。題目あげながら、豊かな気持ちで暮《く》らしたら、貧乏も何もかも解消してったに。うん、今は楽しい題目あげとるよ。

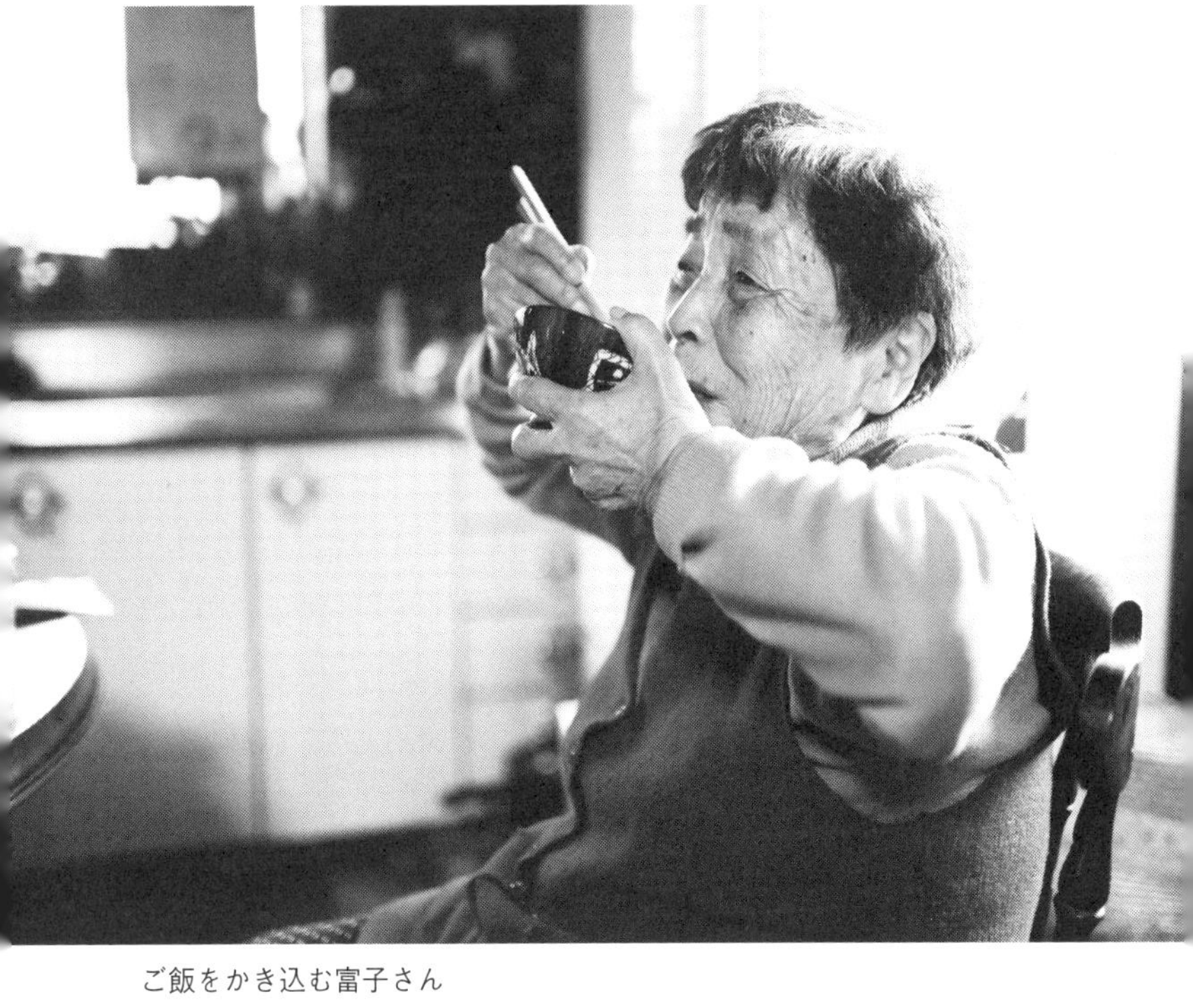

ご飯をかき込む富子さん

おとっちゃん、最後は愛妻家になってよお。昭和五十七年（八二年）に、交通事故で寝たっきりになって、足かけ七年、ワシが面倒みた。「お富《とみ》さん、ありがとう」ばっかり言うとったわ。

もっと早《はや》よ言やあええのによお！　こんな短歌も詠《よ》んじゃって。「老い病《や》みし／我が身を見舞う／妻をこそ／誰より清き／美人と思ふ」。涙《なみだ》出たよ。ワシ、しーあわせやもん。

池田先生にお会いしたこと、あるよ。あのね、昭和五十三年（七八年）の七月二十八日、東濃《とうのう》文化会館へおいでになって、勤行会《ごんぎょうかい》があったらあ。先生の声がよお、胸にずしーんと響《ひび》いてよお。ピアノ弾《ひ》いてくれて、ワシはピアノのそばにおったよ。池田先生が聞かれたに。「退転《たいてん》しない人！」。みんなパッと手挙《あ》げたよ。

ところがこの右手が、脳梗塞《のうこうそく》になっちゃって力《ちから》が入らねえの。七十三歳の四月二十五日よ、急に鉄鍋《てつなべ》しょった気がしたのよ。口がもつれるし、（六十歳から始めた）書道もチリチリになるしよお。

そら悔《くや》しいけど、しゃーないで。泣いて暮《く》らすも一生、笑って暮らすも一生。そこんとこ言いたいよ。

土壇場《どたんば》で、南無妙法蓮華経が言えるか言えんかだで。ワシは前を向いて、前進前進。最後がよけりゃあ、前のことなんか忘れちまえ！

もし、池田先生がこう聞いてくれたらよお。「退転しなかった人！」。ワシ、大きい声でこの右手を挙げたいらあ。ほやけん、努力したに。習字を書いて書いて、絵も描《か》いて描いてよお。十年ぐらいして、元気にご飯《はん》を食べられるようになったらあ。人生いろいろでオモシロイね。

今はホント衆生所遊楽《しゅじょうしょゆうらく》ちゅうの？　お金はどっさりないけどよお、子どもに世話になりながら一人暮らしできるしよお、近所のおじさんが草を刈《か》ってくれるしよお、漬物《つけもの》が食べたい思うたら漬物が来るしよお。そんな幸せがどこにあるの。

まあ生きとるうちが花やで。どえらいことやらんでええで、笑っとりゃあええ。笑っとると、ちゃーんと功徳《くどく》が寄ってくるらあ。もうよお、普通のことよ。ご飯《はん》をおいしく食べられるのが、どえらい功徳やて。

▼取材後記

富子《とみこ》さんに、これからの目標をお尋《たず》ねした。世の若者にこれを言いたいらしい。

「このババが頑張《がんば》っとるのに、あんた何やっとるの」

年齢がなんだ。膝《ひざ》の痛みがなんだ。命の限り、岐阜弁《ぎふべん》を駆使《くし》して広宣流布《こうせんるふ》に燃えまくる。「とにかくよお、百歳に向かって題目《だいもく》をあげとるに」。どんな苦労も笑顔で乗り越えてきた。悲しみに埋《う》もれず、隠し事もせず、苦しかった日々をありのままさらけ出す。その強さを、富子さんに感じる。

とにかく笑い方が晴れやかだ。手をたたいて腹をよじって涙目《なみだめ》になって結構長い時間お笑いになる。オホホというよりガハハ。「この年になったら恥《は》ずかしいもクソもないもんで、ガハハでええんやないの？」と笑いに笑う富子さんを見ているだけで、幸せな気分になるんだな、これが。

女性画家の春うらら

なんだか楽しそうですね。
「だって名前が陽子ですから」

神奈川県逗子《ずし》市　**井野《いの》 陽子《ようこ》**さん（99）

この人がただ者でないのは、渾身《こんしん》の新作を今も展覧会に出し続けていることだ。八十七年間、時代に翻弄《ほんろう》されながらも、絵筆《えふで》を執《と》ってきた。自賛《じさん》できる油絵《あぶらえ》を描《か》けたことはない。ただの一度も。画家の井野陽子《いのようこ》さん＝女性部副本部長＝はそう語る。

（二〇二二年四月二日掲載）

●「父の像」十二歳作

油絵《あぶらえ》のきっかけは、十二歳の誕生日に父が油絵の道具をプレゼントしてくれたことです。商社勤《づと》めの父は休みになると、家でよく絵を描《か》いてましたね。寡黙《かもく》だったので、絵が言葉代わりのようでした。私も6号のカンバスに、背広《せびろ》姿の父のすました顔を描いてみました。それがスタートです。

住まいは東京の狛江《こまえ》でした。お友達に誘《さそ》われて、「朱葉会《しゅようかい》（与謝野晶子《よさのあきこ》らが創設した女流画家団体）」の展覧会に出品したんです。そしたら風景画の批《ひ》評《ひょう》が新聞に出まして、父は大喜びだった。でもその秋に病気で亡くなっちゃった。母一人、子一人。そして、あの戦争が始まったんです。

●「開墾《かいこん》」二十歳作

日の丸の小旗をみんなで振りながら、軍歌と万歳で若者を送り出すような時代ですよ。

家の裏に小さな畑がありましたので、母は野菜を作りました。木綿《もめん》の着物をほどいてこしらえた上着とモンペで、一生懸命に鍬《くわ》を振ったんです。その背中を、私は一〇号のカンバスに描きました。防空壕《ぼうくうごう》も母が一人で掘《ほ》ったんですよ。

東京大空襲《だいくうしゅう》が始まる頃《ころ》には、衣食住が厳《きび》しくなりました。私は布団や食料を背負って祖母を捜《さが》したんです。敵機の音、木の焦《こ》げた臭《にお》い……不気味《ぶきみ》な道を、大丈夫だ大丈夫だと言い聞かせて歩きました。

あの時代に生きた人は多かれ少なかれ、心の傷が癒《い》やせないままでいるはずです。今こそ、強く強く訴《うった》えていかなければいけません。「平和ほど、尊《とうと》きものはない」。小説『新・人間革命』の冒頭《ぼうとう》にある通りです。

●「白菜など」二十五歳作

戦後、小学校の教員免許を取り直して、結婚もしました。朱葉会《しゅようかい》展が再開したもんだから、おなかの大きな私は、白菜やさつまいもを机に載《の》せて二〇号のカンバスで出品したんです。運良く、賞を頂けました。

三人の子がそれぞれ七五三を迎《むか》えたんです。三歳の娘《むすめ》にビロードのワンピースを着せましたら、かわいくって「お父ちゃまにも見てもらいましょうね」。その夜、夫が事故で亡くなりました。もう目の前が真っ暗で。あれだけ好きだった絵をやめようか。そういう気持ちにもなりました。そんな時、女学校の旧友が家で待ってたんです。

うつむいてばかりだった彼女が、力強《ちからづよ》く話す姿にびっくりしましたよ。「創価学会」という言葉を初めて聞きました。昭和三十年（一九五五年）の十二月、彼女の目には真実を訴える光がありました。

●「初夏」五十二歳作

私が定年まで教師でいられたのは、母のおかげです。子育てを頼みっ放しでしたから。髪の白い母がね、庭でアジサイを育ててたんです。雨のしずくにぬれて咲いたもんだから、うれしくなって、イーゼルに五〇号のカンバスを載せました。

母は題目《だいもく》をたくさんあげる人でしたよ。「池田先生はすごい人だ」とみんなに話してました。ですので昭和五十三年（七八年）二月四日に、池田先生が狛江《こまえ》文化会館（現・多摩川《たまがわ》平和会館）へお見えになった時、母も私も感動の一言でしたね。だけどその時に、第一次宗門事件が起こってたのを知ったのは、後からです。

池田先生は世界平和のために行動されたのに、それをねたむ悪者が身近にいたってことでしょ。ちっちゃい欲に宗門はしがみついたのよ。腹立たしい。みんなで立ち上がらなくちゃ。そういう気持ちをぶつけたのが、あの壁面絵画《へきめんかいが》です。

●壁面絵画「桜並木」　六十九歳作

ちょうど三十年前の平成四年（九二年）四月、（東京の）調布《ちょうふ》文化会館の開館一周年記念でした。カンバスはベニヤ板を張り合わせた縦二・四メートル×横三・六メートル。私ね、とにかく明るい絵にしたかったの。上は脚立《きゃたつ》を使って、下は腹ばいになって、朝から晩《ばん》まで夢中でしたよ。やっと絵筆《えふで》を置いた時、会館に春が咲いた気がしたわ。青空と多摩川、桜の根元にたたずむタンポポ。どこまでも続く桜並木は、池田先生が切り開いた世界平和の一本道です。この道を、私たちも歩いていくんだという決意の絵でした。ふと両手を見ますと、絵の具でペンキ屋さんみたいだった。

四月三日、池田先生と奥様がこの絵をご覧くださったこと、私の生涯一の宝です。

●「洋上のおもいで」　九十九歳作

朱葉会《しゅようかい》展に今年も出しますよ。第百回のいい記念ですので、背丈《せたけ》より大きい一〇〇号のカンバスで描《か》いてます。

いつも、もっとこうすれば良かったなァと反省ばかりなんです。「だから前に進めるんじゃない？」って娘《むすめ》が言うの。まだまだ修行中の身です。「ゆみ《弓》ゆわ《弱》ければつる《弦》ゆる《緩》し、風ゆる《緩》なればなみ《波》ちい《小》さきは、じねん《自然》のどうり《道理》なり」（新一五四三ページ・全一一三五ページ）。気持ちが緩《ゆる》むと自分じゃなくなります。私にとって油絵《あぶらえ》は……なーんて言うんだろ、人生に息づいてるものじゃないかしら。

なんかゴメンなさいね、私ばっかりしゃべっちゃって。おたく、何かお話《はなし》があって、みえたんじゃないですか？

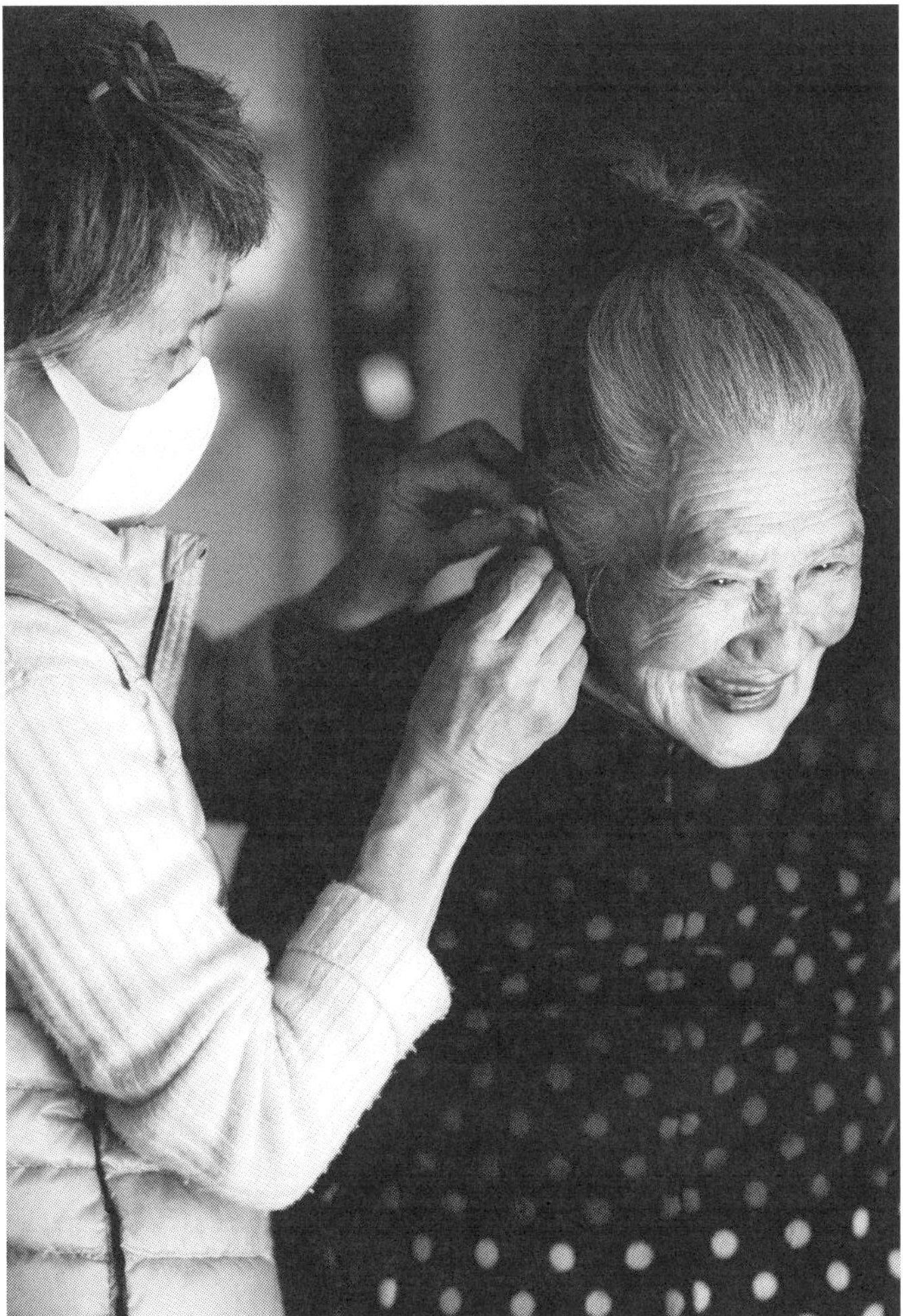

補聴器が外れていたので、長女の和子さん（左）に着けてもらった。
陽子さんのうれしそうな顔

▼取材後記

一筋《ひとすじ》の道を純真《じゅんしん》に歩む人のそばにいると、どこか春を感じる。取材で見つけた春を四点挙《あ》げると……。

①お庭

逗子《ずし》に引っ越して十年。ウッドデッキのお庭。鳥のさえずりが聞こえ、リスが遊びに来た。桜の蕾《つぼみ》。

②命名

結《ゆ》った髪が「おだんごみたいでしょ」と、おちゃめに首をすくめた。なんだか楽しそうですね。「だって名前が陽子《ようこ》ですから」。父親が命名。うららかな春の朝に生まれたからという。

③**はがき**
届いたばかりの便《たよ》り。担任していた生徒さんからだ。第百回の新作を、東京都美術館にみんなで見に行くという内容。そこで小さなクラス会になるらしい。

④**スリッパ**
「ちょっとこれ見て」と、写真や記念品をあれやこれやと見せてくださる。記者が驚《おどろ》くと、またうれしそうにお部屋へ取りに行く。軽《かろ》やかなるスリッパの音。

春ですね、陽子さん。

（油絵の写真は本人提供）

ACTICAL AIR COMMANDER
Defender Champions

雪の秋田の夫婦道

人生で一番うれしい日は？
「今日でしょうねえ」

秋田県大仙《だいせん》市

吉村《よしむら》 徳蔵《とくぞう》さん（97）・ソメ子《こ》さん（93）

積もった雪を踏《ふ》みしめてご自宅に伺《うかが》うと、吉村徳蔵《よしむらとくぞう》さん＝副支部長＝が迎《むか》えてくれた。妻のソメ子《こ》さん＝支部副女性部長＝は、美容室にお出掛けということで、まずは、徳蔵さんに話《はなし》を伺った。

（二〇二二年一月二十二日掲載）

（ストーブで暖かい台所。以下、徳蔵《とくぞう》さん）

どうもこんにちは。わざわざ申し訳ねえですな。

昔ねえ、自分でもまんま食《く》えねえ病気になっちゃった。昭和五十五年（一九八〇年）の四月だったなあ。タバコ吸わねば男が廃《すた》ると思って、お尻《しり》から煙《けむり》が出るほど吸ってたからねえ。肺がんは後から聞いた話《はなし》。血を吐《は》いても、おかしいなあくらい。ほんと人ごと。

ええ、池田先生からハガキが届いたんですよ。

〈御本尊様《ごほんぞんさま》にひたすら病気平癒《へいゆ》を願って唱題《しょうだい》し、みごと変毒為薬《へんどくいやく》してください〉

病室でそのハガキをずっと見てたのさ。はじめはオレのような者にまで、と感激したけど、その意味がだんだん分かってくれば、こりゃ大変だと思うわけだ。

どこまでいけば「ひたすら」か。題目《だいもく》をあげてもあげても分からない。これでいいと思えば傲慢《ごうまん》だ。池田先生の言葉を突《つ》き詰《つ》めれば、生命そのものを変えろってことでしょ。「ひたすら」は、深くて厳《きび》しいものなんだ。

一カ月して検査したら、医者が「悪いところが見つからない」って首をかしげてる。「病《やまい》によりて道心《どうしん》はおこり候《そうろう》なり」（新一九六三ページ・全一四八〇ページ）だべ。いやァ、生意気を言っちゃった。

宗門事件スカ？　あんなの関係あるもんか。ええ、池田先生を裏切った人が、私の前さ来ましたよ。こっちには実証がある。私が「ほう、あんたもか」とひとにらみしたら、恥《は》ずかしそうに帰ってった。私の顔見て、言うことねんでねスカ？

昭和五十七年（八二年）一月十三日、池田先生が「やるぞー」って勝どきを上げた時、私もいました。ひたすら、池田先生についていくだけです。

（すると、玄関がカラカラ開《ひら》く。ソメ子《こ》さんが美容室から帰ってこられた。にぎやかな声で台所に登場。以下、ソメ子さん）

お待たせしてすいません。うん、宝塚《たからづか》の女優みたいになってきた。キレイだべ。もっと褒《ほ》めて。

毎日二人で感謝の話《はなし》をしてます。みんなに育ててもらったよ。感謝感謝。おかげさまで、御本尊様《ごほんぞんさま》に巡《めぐ》りあえたから、最高最高。

はいはい、坊主《ぼうず》ね。一番先にいじめられた。信心《しんじん》の弱い者を集めて、学会をつぶそうとして、それとアタシ戦ったんだ。

寺の前のコンクリートにでんと座《すわ》って、みんなを勇気づけたよ。唾《つば》を飛ばして「題目《だいもく》あげたら勝つよ」。そういう生命力を御本尊様に頂きました。

そしたっけ、坊主が出てきた。負けてられない。「正しいっつう証文《しょうもん》持ってこい」って大声出したのさ。それっきり出てこなかった。今思えば楽しい思い出だ。

アタシだけでないよ。みんな頑張《がんば》ったんだ。池田先生への感謝を忘れた人は、みなコケた。厳《きび》しい結果になったよな。

信心したのスカ？ 昭和三十五年（六〇年）だ。貧乏《びんぼう》と病気と家庭不和の三拍子。このじいさん（徳蔵《とくぞう》さん）、少しばかりの反対でないんだよ。いやー泣かされた。学会の人さ来たら、「おめがたの姿変わったら来い」って追い返すんだ。怖《こわ》かったけどの、反対するたんび、じいさんは病気もらうべし。壁《かべ》に掲《かか》げた父親の肖像画《しょうぞうが》を見て考えたんだと。

ある日、じいさんが大まじめな顔して「ここさ座ってけれ」って言うから座ったよ。「オレも信心やりましょう」。アタシは何度もうなずいた。また泣かされちゃった。それが人生で一番うれしい日。

昭和四十二年（六七年）に記念撮影《さつえい》があったのさ。係《かかり》の人に誘導《ゆうどう》されたたトコが、池田先生の右隣《みぎどなり》だ。それはそれは、言葉にならねえもんだ。お題《だい》目《もく》ってすごいよな。

（徳蔵《とくぞう》さんにもお尋《たず》ねした。人生で一番うれしい日はいつですか？）

今日でしょうねえ。こうしてお話しできてるちゅうことは、まだ生きてるもの。生きてることに楽しみがあるんでしょうねえ。これが足りない、あれが欲しい。そんな満足ただの夢だ。やっぱり生きてるってことは最高ってことです。

（生まれ変わっても一緒ですね、と申し上げた時の夫婦のやりとり）

徳蔵「さあどうでしょう」

ソメ子《こ》「昔のことを思えば、すいません」

この笑顔に数え切れない人が励まされてきた

徳蔵《とくぞう》　「何もこのばあさんと一緒にならんでも、もっといい人いるんでねえの？」

ソメ子《こ》　「お互いさまだ！」

二人　（顔を見合わせてしばらく笑う）

徳蔵　「でも縁《えん》は異《い》なものと言うからなあ。また一緒になるんでしょ」

ソメ子　「しょうがないねえ。仏法《ぶっぽう》の縁だもの。あらうれしや、あらうれしや」

徳蔵　「ま、そういうことにしときますか」

▼取材後記

なれそめがいい。昔のお見合いは親の意向で、どこの誰だか分からない人と結ばれたと聞く。ソメ子さんも例外ではなく、母親にどんな人か聞くと、「家を見てこい」と言われた。自転車で教えてもらった道を行くと、田んぼの中に大きな家があった。曲がり廊下《ろうか》もある。ここの人なら、とお見合いを受けた。

いろりの前に座《すわ》った若者は見るからに貧弱《ひんじゃく》だった。長い正座《せいざ》で足がしびれ、つんのめって、襖《ふすま》に大穴を開《あ》けた。徳蔵さんだった。実はソメ子さんが見た家は間違いで、大きな家の隅《すみ》っこに申し訳なさそうにある「カタツムリみたいなボロ家」の方だった。たまらず破談《はだん》を申し出た。母親に「親がいい人だから」と説《と》き伏《ふ》せられた。ソメ子さんは、夕暮《ゆうぐ》れになると実家の方を見て泣いた。

しかしこの徳蔵《とくぞう》さんがひとたび信心《しんじん》を持《たも》つと、これほど力強《ちからづよ》い味方もなかった。どれだけ後ろ指をさされても、「誹謗中傷《ひぼうちゅうしょう》はどこさ行ってもあるもんだ。真面目《まじめ》になるほどあるもんだ」と壁《かべ》になってくれた。御書をそらんじては友を立たせ、感謝を忘れた裏切りには完膚《かんぷ》なきまでに雄弁《ゆうべん》をふるっていた。ちぎれそうだった細い糸は、どんどん太く強くなった。

池田先生をひたすら求め抜いたこの夫婦道。「昔はいろいろあったけど、今になればお幸せ」と口をそろえた。イジワルを口にしながらも、この人と一緒になったという「誇《ほこ》り」を胸にかざしている。白銀のせいか、寄り添《そ》う二人がやけにまぶしい。

第3章

誓いの人生

平和のシンボル

「命ほど大切なものはありません」

徳島県海陽《かいよう》町　前田《まえだ》 八重子《やえこ》さん（93）

うららかな春の畑にミツバチが躍《おど》る。ウグイスの歌声と土の匂《にお》い。そんな日《ひ》和《より》に、前田八重子《まえだやえこ》さん＝地区副女性部長＝は畑に出る。

（二〇一六年四月十四日掲載）

信心《しんじん》して四十五年になります。いうても皆さんのようには、何もしてませんけどな。圏《ゾーン》の新聞長さんが燃えてます。「宿命転換《しゅくめいてんかん》のパスポートやけん」言うて、聖教新聞の購読用紙を置いていきよる。ほやけん、つい「頑張《がんば》ります」と言うてしまうのです。

去年（二〇一五年）の創立の月は十部できました。ほしたら年明けの徳島老友《ろうゆう》新聞に、私の川柳《せんりゅう》が載《の》ったんです。「語りつぐ／戦禍《せんか》の煙《けむり》／うすれゆく」。図《はか》らずも一席でした。

戦争のつらさをよう語りきれません。焼夷弾《しょういだん》が花火のようでなあ。道の両側の家が燃えて、火の粉《こ》が降るしなあ。大八車《だいはちぐるま》に持ち出せるだけの家財を積んで、家族で逃げたんや。

道端《みちばた》に弁当箱が落ちてました。防空壕《ぼうくうごう》で弁当箱を開《あ》けると、上等の白米《はくまい》が入ってましたんや。長い間、米粒を食べてなかったさかい、家族で分けて空腹をしのいだんです。空襲《くうしゅう》が終わると、辺《あた》りは焼け野原でした。父は戦火の煙に立ち尽《つ》くしていました。

食べ物には苦労しましたなあ。口に入れば何でもよかった。ひもじくて、大豆《だいず》一粒も無駄《むだ》にできん。配給に並んで、何とか生き延びました。大根《だいこん》の菜っ葉を刻んだ雑炊《ぞうすい》を軽く一杯、茶碗《ちゃわん》にもらってなあ。母も苦労したと思いますわ。四人の子に食べさすのに、リュックサック背負って農家にジャガイモを買いに行きよったけん。

私は、終戦五日後に結婚しました。二十二歳で田んぼに初めて入っての。足にヒルが吸い付くんですよ。一人娘《むすめ》の育世《いくよ》（六十七歳、圏女性部長）には、配給の布で縫《ぬ》った服を着せました。

家族で芋《いも》掘《ほ》りによう行ってなあ。大八車に幼い育世を乗せて、主人が引っ張って、私が後ろから押して。焼き芋の煙をのんきに見てたら、戦争は終わったんやなあと思えてなあ。

育世《いくよ》が高校生の時ですわ。貧血《ひんけつ》を起こして、体育のマラソンもできんようになったんです。まぶたの裏が白いし、元気もないけんな。診療所で白血球の数が少ない言われて、泣いてしもうたん。

育世は体が弱いから、和裁《わさい》の勉強をさそう思うて、大阪の弟夫婦へ預けました。弟は信心《しんじん》しとったから、育世を座談会に誘《さそ》って、題目《だいもく》を教えたようですわ。

一年ぶりの娘《むすめ》は見違えるようでなあ。頑固《がんこ》な主人が「育世を見てみい」言うて。娘がまぶしかったんです。今までの宗教を改めましたよ。昭和四十六年（一九七一年）でした。まだ旧習が深かった時代ですからね、陰《かげ》でいろいろ言われよったみたいですけど。

忘れもしません。昭和五十五年（八〇年）の五月です。田植えが終わり

畑仕事をひと休み。右から八重子さん、長女の育世さん、婿の栄二さん

かけの頃《ころ》に、婦人部（当時）の先輩が私を訪《たず》ねてきました。神奈川にいらっしゃる「池田先生の元に行ってき」と言われました。しどろもどろになりました。というのもね、主人が脳内出血で倒れたけん、夜中も起きて世話しよったし、親戚《しんせき》からは「田植えを放っといて行くんか」と言われるし。そない説明したらね、先輩が「じゃあ、私が手伝うさかい」と腕《うで》まくりしてくれたんですわ。先輩の泥《どろ》だらけになった手を見た時に、行かないかんと思うたんです。娘《むすめ》夫婦も背中を押してくれました。

五月十七日、「さんふらわあ7」号で海を越えて、神奈川文化会館へ向かいました。会場の後ろで首を伸ばして、頭と頭の間から池田先生を初めて見ました。懇談《こんだん》的な話《はなし》の温かさは、よう忘れません。先生の心に入った航海に参加させていただいたことが、人生最高の誇りです。

池田先生をもっと近くで見たかったと思いながら、大桟橋《おおさんばし》まで歩きよった時です。先生が神奈川文化会館の玄関で見送ってくださると聞いたもんやさかい、一目散《いちもくさん》に戻《もど》ったんです。

池田先生の顔を、今もはっきりと覚《おぼ》えております。何というか……じんときたけん。帰りの船は、そらもう、みんな大喜びですわ。

実はね、池田先生が「体を大事に。悪い所があれば病院に行くんだよ」とおっしゃったんです。その言葉がなかったら、私は手遅れだったかも分かりません。徳島に帰って、なんとなしに病院へ行ったんです。ほしたら、乳《にゅう》がんが見つかったさかい。

病院の窓から外を眺《なが》めながら、命って不思議やなあ言うて、思ったんです。道端《みちばた》で拾ったあの弁当箱。まだ大切にしまっています。落とした人には申し訳なく思います。目に見えない何かが、私に、生きろぉー生きろぉーと言うてるような気がします。

ほやけん、この命をね、広宣流布《こうせんるふ》のために使《つこ》うてもらってます。信心《しんじん》を語るには勇気がいりますけど、頑張《がんば》れます。神奈川文化会館での記憶が、いつも私を元気づけてくれるんです。

圏《ゾーン》の新聞長さんも、購読用紙をどんどん持ってきはる。で一緒に笑ってる。元気でおらなあきませんなあ。

▼取材後記

八重子《やえこ》さんの家の近くに「母川《ははがわ》」が流れている。名前に母性の優しさを感じさせる清流だ。初夏には、無数のホタルが光を放《はな》ちながら水面《みなも》を美しく舞うという。

池田先生はホタルを「平和のシンボル」と称《しょう》した。「自然と人間の両方の豊かさと清らかさがとけ合った所に、ホタルは飛ぶのかもしれません」とあった。

八重子さんは、育世《いくよ》さんのことを何度も自慢した。「娘《むすめ》はいつも御本尊様《ごほんぞんさま》のお手伝いをさせていただいております」。育世さんが学会活動から帰るのを、いつも御本尊の前で待つ。頑張る娘に、熱いお茶を入れてあげたい。おかずも温めてあげたい。だからどうか、娘が無事故で帰ってきますように――。「何歳になっても親は親、子は子。心配しすぎるぐらい心配するんが母親」と八重子さんはほほ笑む。

二匹のホタルが目の前に飛んできたので、「一緒に来たん？」と八重子さんは話しかけた。平和のシンボルが灯《とも》す明滅《めいめつ》は、戦渦《せんか》を生き抜き、平和を祈《いの》る偉大《いだい》な母を、美しく彩《いろど》る。

小指でパソコンやってます

「この上なしの幸福博士になりました」

千葉県富津《ふっつ》市　石井《いしい》 美奈子《みなこ》さん（98）

まず、パソコン画面にくっつきそうなほど顔を近づける。次に、入力したい字を一つ一つ、小指でぐるぐる探す。そうやって苦労しながら、石井美奈子《いしいみなこ》さん＝女性部副本部長＝はデイサービスセンターの広報紙をお作りになる。これが人気で、歌あり、頭の体操あり、哲学的な話《はなし》あり。それにしても、なぜ小指なんです？

（二〇一八年十月二日掲載）

どの指も太いんですよ。昔の人は「嫁婿《よめむこ》もらうには指見てもらえ」って言いますよ。嫁《とつ》ぎ先が、十六代続いたこうじ屋の分家だったもんだから。こうじってのは重労働。一日に一八〇〇キロの米を、大きなたるに入れて量《はか》ったりするわけ。

それと農業もやってたの。股《もも》引《ひ》きを履《は》いて田んぼに入って、踏《ふ》み鍬《くわ》で畑をふわふわにすんの。草むしって、鍬ふったもんで、どの節《ふし》も太いの。小指ならかろうじて、キーボード押しやすいのよ。

ノリ屋の生まれです。東京湾を挟《はさ》んだ向こう、大田《おおた》のノリ屋に池田先生がいたんだね。うれしいなあ。二・二六事件の時も、さむーい浜でノリを拾ってたんですよ。

私、浜育ちなんですよ。自分のことを「おれ」だ「われ」だと言うから、横浜は鶴見《つるみ》の奉公《ほうこう》に出されたの。思えばそれが、花嫁修業になったんです。

鶴見の山から、海がよく見えんのね。主人（倫太郎《りんたろう》さん）が出征《しゅっせい》する日、見えない船に向かって「行ってらっしゃい」と手を振ったのよ。

結婚前の名前は「なか」でした。同じ名前が近くに三人いて何かと不便だから、主人が「美奈子《みなこ》」に変えたわけ。結婚は昭和二十二年（一九四七年）一月二十六日。今考えると「ＳＧＩの日」ですよ。

前に言ったけど、嫁ぎ先が歴史のあるこうじ屋でしょ。右も左も分かんない。おばあちゃん（義母）の寝床《ねどこ》までこうじを持ってって、「どうやりますか」と一から十まで聞いたわけ。

事業はどんどん大きくなったの。銀行からお金を借りて、レンガ造りの室《むろ》を二つ造ってさ。でも投資しすぎたのね。借金を返せず、土地を取られて、倒産寸前になっちゃった。

だもんで昭和三十四年（五九年）に信心《しんじん》したの。とにかく題目《だいもく》。蔵《くら》の二階で題目《だいもく》をずーっと唱《とな》えてたの。声がかれたら、主人がやかんのお水をコップについでくれました。

「誰でも幸せにしよう」ってことで、オート三輪車で折伏《しゃくぶく》に出掛けたよ。翌年の五月三日、池田先生の第三代会長就任式にも参加しました。だんだん信心《しんじん》が楽しくなってくんのね。

思い出すのは、昭和三十八年（六三年）に、池田先生と富津《ふっつ》海岸でスイカ割りとか地引《じび》き網《あみ》をしたことです。池田先生がみんなに、いろんなお話《はなし》をしてくださったの。「十年後、百年後のことを考えている」って。ロマンを感じましたよー。砂浜の上に指で書かれたの。「創価大学」「創価学園」。波の音を聞きながら、みんなで文字を見つめました。

この信心は未来に突《つ》き進む力《ちから》があるのね。全部実現されたでしょ。「蒼《そう》蠅《よう》、驥《き》尾《び》に附《ふ》して万里《ばんり》を渡《わた》り、碧蘿《へきら》、松頭《しょうとう》に懸《か》かって千尋《せんじん》を延《の》ぶ」（新三

広報紙を作ってＶサインの石井さん

六ページ・全二六ページ)。やっぱり、何があっても池田先生についていかなきゃだめですね。

それから「千葉県一のこうじ屋になろう」ってことでね、店を一軒二軒と回りました。工場見学にも行きました。いろいろ苦労したから、くじけそうにもなりますよ。そんな時、主人は一枚の写真を手に取るんです。いえね、主人が言うには、池田先生が富津《ふっつ》海岸からの道端《みちばた》を一人で歩いておられたとかで、「警護《けいご》の意味でそれとなく後ろを歩いた」そうなの。そしたら池田先生が気付かれて、気さくに話《はなし》をされた後、先生ご自身で主人を撮《と》ってくださったの。その一枚を宝物にしたんです。主人の胸の底にあるものが、分かるような気がします。

池田先生のおかげで、今の幸せがあるんです。先生は私たちを「幸福博士」とたたえてくださる。先生は、(砂浜に書いた)言葉を全部実現されたたでしょ。弟子も実現させなきゃ。はい、私はこの上なしの幸福博士になりましたよ。

だって、デイサービスに通ってますが、みんないい人ばかり。私はとろみを入れないとお茶を飲めないの。友達がとろみの粉を湯のみに入れてくれます。スタッフもみんな優しいし、ありがたいよお。

私はね、ここを「日本一のデイサービス」にしたいわけ。だから、広報紙を作ってるの。ほのぼのした雰囲気が伝わればいいかなあって。はい、短歌も載《の》せてます。昔から、主人と交《か》わしてたから、そういうの好きなの。主人ってさり気《げ》ないのよ。いえね、私らの結婚式に、歌を詠《よ》んでくれたんですよ。

「使命あり／生き長らえる／夫婦船／愛しみつつ／白寿《はくじゅ》までをと」

二人で顔を真っ赤にしてた。私、もうすぐ白寿です。

▼取材後記

言葉を大切にするようになった源流がある。答えは漆塗《うるしぬ》りの箱に保管されていた。戦地からの色あせた手紙とはがきだ。

倫太郎《りんたろう》さんは銃弾《じゅうだん》の下で便《たよ》りを書いた。五年間で七十四通。詰《つ》め込んだ文字には、戦地の緊張がにじむ。検閲《けんえつ》にちぎられた行もあった。どの便りにも短歌が添《そ》えられ、励《はげ》ましがあった。文字に宿《やど》るぬくもりを、美奈子《みなこ》さんは胸にしまった。

スマトラからの軍事郵便を最後に、二年ほど音信が途絶《とだ》えた。結婚を約束した人の便りを読み返しては、生存を信じる糧《かて》にした。終戦の翌年、倫太郎さんは復員した。玄関先で飛びついて落涙《らくるい》する義母の肩越しに、二人は瞳《ひとみ》で言葉を交《か》わした。

もう何があっても離れない。そう誓《ちか》い、夫についていった。

「信心《しんじん》するぞ」。その堅固《けんご》な声に間違いはなかった。池田先生の言葉を道しるべに、苦難の峠《とうげ》を一緒に越えた年月。師弟《してい》に生きる幸せがあった。

晩年《ばんねん》、倫太郎さんはアルツハイマー病になった。苦労したが、美奈子さんは「生まれ変わっても結婚しましょう」と晴れやかにみとった。

デイサービスセンターの広報紙は堂々たる出来栄《できば》えだ。筆《ふで》の力《ちから》で、友を明るい方へといざなう。小指でパソコンを打つ姿も印象的だが、左手首の腕時計も象徴的だ。ベルトが緩《ゆる》く、文字盤が逆を向いている。「主人の形見《かたみ》。いつまでも離れないの」。今も夫婦で時を刻んでいる。

「わたしゃあ負けずに飛び込んだ」

鹿児島県奄美《あまみ》市　窪田《くぼた》 ナミコ さん（100）

地元紙の切り抜きを、支局の記者が送ってくれた。百寿《ひゃくじゅ》を祝う記事で、見出しがいい。「ひ孫二十人　肉よく食べ祈《いの》りかかさず」。大きな花束を抱《かか》えた窪田《くぼた》ナミコさん＝支部副女性部長＝が、仏間《ぶつま》で市長たちと写っている。百歳のおめでたい記事は、地方でよく目にする。だが、この母の足跡《そくせき》をたどれば、当たり前の記事とは言えない。

（二〇二〇年十一月三日掲載）

島の人に聞かれる。「長生きのコツは何ね」ち。知らん。嫁《よめ》さんがいいからよ、夜中であってても、ご飯《はん》作ってくれるで何でも食べる。出されたもん返したこと、いっぺんもない。だから元気じゃが。

この手。手ぇ見りゃあ分かる。農業した手。昔は畑しよった。子どもは五人。働いて、子どもを泣かさんようにせんば。

野菜をリヤカーにいっぱい積んで、子どもらがバス停まで運んでや。私が三歳の末っ子をおぶって、名瀬《なぜ》（隣町《となり》）で売るち。

そら貧《まず》しかったわね。子どもが病気しても、病院にかかるお金がなくて、題目《だいもく》で治《なお》してや。昭和三十三年（一九五八年）に信心《しんじん》してから、ずっと題目。峠《とうげ》を歩いて座談会に行った。夜の山道じゃからハブが出たち。

帰ったら深夜まで大島紬《おおしまつむぎ》の機織《はたお》り。そうやって稼《かせ》ぎよったけど、じいさん（夫の栄治《えいじ》さん）が結核で入院してや。私もいっぱい血を吐《は》いた。結核を患《わずら》いながらの子育てが、どれほどの至難《しなん》だったか。

この宿命《しゅくめい》を転換《てんかん》せんば。題目あげたら、私よりもっと苦しんでる人が浮かんでや。わたしゃあ自転車で新聞配達しよったでしょ。田んぼと畑の奥にね、木造の建物がある。誰も近づかん。通る者は鼻ふさぐ。鉄条網《てつじょうもう》の名残《なごり》があったち。ハンセン病患者の国立療養所よ。「奄美和光園《あまみわこうえん》」の人に、私は信心の話《はなし》をしたわけ。

曲がった指でお茶を出してくれたち。顔を伏《ふ》せて、「うつりゃあせんから」ち。私が普通に飲んだら、「初めて本当の人間が来てくれた」ち。涙《なみだ》をためた目。垣根《かきね》の外には出られんことを覚悟《かくご》した目。そういう人に会うのが、仏道修行ち。

昭和三十八年（六三年）六月、池田先生の初めてのご来島があってや。どんな人にも使命を呼び起こさずにはおくもんか、いう気持ちになった。

盆とか正月とか、和光園《わこうえん》でふち（よもぎ）餅《もち》をついて配りよったね。子ども同士も自然に遊ぶようになったたち。

その頃《ころ》ね、集落から学会員を締《し》め出そういう空気があってや。みんな村《むら》八分《はちぶ》。買い物もできん。「あの女倒せば、集落の創価学会はなくなる」ち。あちこちで折伏《しゃくぶく》しよったから、そう見えたんでしょう。

集会所の帰りにビンタされてね。小さかった次男の俊和《としかず》（六十七歳、副圏《ゾーン》長）が手を広げてかばってくれたたち。小学三年の長女のトミ子（七十一歳、女性部員）が、知らん大人に唾吐《つばは》かれてね。長男の栄一《えいかず》（七十三歳、副県長）は、酔《よ》っぱらいに猟銃《りょうじゅう》で脅《おど》されたたち。逃げた背中で、ドーンいう銃声を聞いたけんな。

一歩も引かんかった。というより引けんかった。集落の学会員さんがかわいそうじゃが。御本尊様《ごほんぞんさま》がちゃんと見てる。その確信は、厳《きび》しい現証《げんしょう》となって目に見えたち。

わたしゃあ負けずに飛び込んだ。和光園はカトリックの人が多かったけどね、全員に信心《しんじん》の話《はなし》をしたち。お産《さん》が危《あぶ》ない夫婦がおってや。四畳半《よじょうはん》の畳《たたみ》部屋で一緒に題目《だいもく》あげた。赤ちゃんは元気に生まれたけど、すぐ引き離されてや（当時、ハンセン病患者の出産は許されなかったが、奄美《あまみ》和光園では園内出産児を保育施設《しせつ》で育てた）。その旦那《だんな》さんが、初代ブロック長で頑張《がんば》った人ち。

（一九六七年四月の県議会議員選挙で、公明党の候補が当選したことをきっかけに、脱会の強要がさらに広がり、学会排斥《はいせき》デモが起こった）

あのデモを栄一が見に行った。地元の新聞も報じたけんな。ある者は学会員を回ってね、御本尊を取り上げる所業《しょぎょう》したんだから。信心の弱いところに入ってきてや。

みんな、くじけそうになったち。だけども、池田先生を思い出しちゃあ次の戦い、また次の戦いに打って出た。じゃから、先生が島に来てくれたと思う。

昭和四十三年(六八年)十一月、池田先生と記念撮影《さつえい》があってや。わたしゃあ、遠くにいたのにね、押され押されて、池田先生の隣《となり》に来てしまった。先生は「頑張《がんば》るんだよ」ち。さあ新しい出発じゃ。そう思った瞬間、カメラのフラッシュが光ったわけ。

和光園《わこうえん》の中でも学会員が増えてや。「自分たちが新聞配達するからね、窪田《くぼた》さんは座談会に手ぶらでおいで」ち。強制隔離《かくり》されてよ、親戚《しんせき》にも縁《えん》切られて、人間扱いされなかった人たちでしょう。座談会でみんなを見るたび、胸に来る。これだけの同志が生まれたか――。いつの間《ま》にか私の結核も治《なお》ったち。

家族の笑い声が窓辺にもれる

ほんと池田先生がおっしゃった通りよ。抑圧《よくあつ》から尊敬《そんけい》に変わる段階があるち。みんなでね、民生委員とか八月踊《おど》りとか地域行事を頑張ってね、だんだん世間に理解してもらえたわけ。

私も昔は煙《けむ》たがられたけどね、今は島の人が大事にしてくれる。もう垣根《かきね》はないち。老人会長も聖教新聞をすぐ取ってくれる。百歳のお祝いも市長が来てくれたち。

今、足が悪くなってダメ。みんなが「頑張《がんば》ってきたんだから、ゆっくり休んで」言うが、それはできん。心に確かなものがある。「命限り有り、惜《お》しむべからず」（新一二八三ページ・全九五五ページ）で、「ついに願うべきは奄美広布《あまみこうふ》なり」じゃから。まだ信心強盛《しんじんごうじょう》にしてるち。

▼取材後記

ナミコさんの家の仏間《ぶつま》で話《はなし》を聞いた。畳《たたみ》の部屋で扇風機《せんぷうき》がカタカタと首を振り、ガラス窓の向こうで、大工がトンカチを響《ひび》かせていた。

障子《しょうじ》の間からこぼれる陽光を背に、栄一《えいかず》さんが原点の話をした。「昭和四十三年の……」。ここで言葉が詰《つ》まった。分厚い拳《こぶし》で涙《なみだ》を拾う。「……池田先生のご来島があって、初めて奄美の心ができたと思う」。声を絞《しぼ》り出していた。

目の前で男泣きを見た時、奄美の心に触れた思いがした。涙を鏡《かがみ》とするならば、映《うつ》したものは嵐《あらし》の激《はげ》しさであり、内なる炎《ほのお》であり、身を捨てて弟子を守った師への大恩《だいおん》であろう。

受難をバネにしてこそ、たどれる道もある。息子の涙を見守る母のまなざし。その柔《やわ》らかさ。この母の足跡《そくせき》こそ、奄美家族の飛《ひ》躍台《やくだい》そのものだと感じた。栄一さんが優しく言い換《か》えてくれた。

「おっかんは歯車《はぐるま》の一つじゃ」

一人一人が胸に誓った、師に代わって奄美広布をという一念。池田先生の筆《ふで》にあった。「奄美は確かに遠い。しかし、奄美の同志の心は、私に最も近い。私とともにあるといってよい」。この言葉だけで、いつどこにいようと、燃え立つ人がいる。

菖《しょう》蒲《ぶ》に託《たく》した心意気

「あの時が人生で一番真剣でした」

東京都目黒《めぐろ》区　田邊《たなべ》 鈔子《しょうこ》さん（95）

もったいなくも、板の間で三つ指をついてくださった。「ようこそおいでくださいました」。生け花の草月流《そうげつりゅう》の師範・田邊《たなべ》鈔子《しょうこ》さん＝女性部副本部長。肩をすくめて、にっこり笑う。三日月《みかづき》が寝転んだように、まぶたが弧《こ》を描《えが》いた。

（二〇二一年七月三日掲載）

わたくしなんか大《たい》したことございませんのよ。いーえ、ただ生きてるだけですの。（すごくおキレイですねと申し上げると）、あらやだ、おキレイな方ならたくさんいるのに、恥《は》ずかしっ（と身をよじる）。

いろんなことがありました。二十四歳で長男を亡くしたものですから。生まれてたったの八時間でした。泣いてると、二歳の娘《むすめ》が「ママあくしゅ」って幼《おさな》い手を出すの。力《ちから》もらえますよ。なにしろわたくし、肺浸潤《はいしんじゅん》でほとんど寝てましたもの。

床《とこ》からお庭が見えましてね、季節の花がなぐさめてくれました。梅、ユリ、ツツジ。母が「気晴らしに」って言うものですから、二十六歳でお花のお稽古《けいこ》を始めましたの。

信心《しんじん》したのは昭和三十年（一九五五年）です。ありがたいことに、皆さん、蒲田《かまた》からまめに来てくださるの。電車賃だって大変じゃないですか。それでね、「青年室長がステキなの」っておっしゃるから、一緒に御書講義を受けに行ったのね。わたくしの右横から池田先生が颯爽《さっそう》と入って来られましたよ。講義の迫力がすごいというか、なんだろ、一目《ひとめ》でファンになっちゃった。

それで信心ガンバったらば、元気に歩けるようになったんです。草月《そうげつ》流《りゅう》の師範になったのも、この頃《ころ》じゃないかしら。

（七三年三月二十九日、池田先生との記念撮影会《さつえいかい》で目黒《めぐろ》の同志は、先生に菖蒲《しょうぶ》の花を届けることにした。花を調達して、生けることを任されたのが、鈔子《しょうこ》さんだった）

ホント責任重大。なにしろ菖蒲は初夏の花ですからね、生花店《せいかてん》をずいぶん歩きましたよ。「無理だね」「諦《あきら》めるしかないでしょう」「季節を考えてよ、奥さん」。東京のどこにもないんですよ。

仕方ないからお花を変えようという話《はなし》も出たんです。でもこれは、池田先生にただお花を届《とど》けるという話《はなし》じゃなくて、「菖蒲《しょうぶ》」を「勝負」にかけて断じて勝つという弟子の心意気を届けるんですもの。そりゃもう、題目《だいもく》あげましたよ。したらば撮影会《さつえいかい》の二日前、諸天《しょてん》が動いたんです。

聖教新聞の販売店主さんから電話が来ましたの。「田邊《たなべ》さん、あったよ！　埼玉で早咲きの菖蒲を咲かせた農家があるそうなんだ」。早朝のラジオで聴《き》いたんですって。

農家のおじさんはすごい頑固《がんこ》そうでしたの。「何しに来た」。言葉も荒《あら》い し怖《こわ》かった。「頼まれて実験的に栽培してるから、売り物じゃない」「もうここしかないんです」「だめだ。帰れ」「そこをなんとか」

押し問答《もんどう》したのはね、ここから離れたら縁《えん》が切れちゃうと思ったから。もう必死よ。ビニールハウスで、おじぎしたんです。「お世話になってる恩師のお部屋に、一本でもいいから飾《かざ》りたいんです」。頭上げなかったたんです。池田先生のお顔をずっと浮かべておりました。

おじさんは腕組《うでぐ》みしてジーッと見てたみたい。「分かった」。大きな声でお礼を言いましたらね、おじさん優しいの。「生けるんだから、咲いたのと蕾《つぼみ》のを」って、一本じゃなくて束《たば》にして譲《ゆず》ってくださったの。新聞紙に包んだ花束を抱《だ》いたら、ホッとしました。

撮影会の日に、池田先生からご本を頂きました。表紙を開《ひら》いてビックリしちゃった。句が認《したた》めてあったの。

「颯爽《さっそう》と／二章の船出の／菖蒲かな」

一生涯、池田先生にくっついていくんだ。その覚悟《かくご》を試されたのが、昭和五十四年（七九年）のこれも三月でした。ちょうど宗門がうるさい最中ですよ。

御書講義の時に、嫌《いや》みな人がいたの。「田邊さんはすぐ『先生、先生』って言うね」。わたくし、わりとケンカが強い方ですから、言って差し上げたわ。「あら、婦人部（当時）の歌（「今日も元気で」）だって、朝から晩《ばん》まで『先生、先生』ですのよ」

もう悔《くや》しかったですよ。池田先生のことを目の前で呼び捨てにされるし、坊主《ぼうず》は週刊誌を掲《かか》げるし、アタマくるじゃないですか。わたくしの家にも来たから、「受《う》くるは易《やす》く、持《たも》つは難《かた》し」（新一五四四ページ・全一一三六ページ）を教えてあげたの。

たった一人になっても、池田先生についていこう。その誓《ちか》いをどうやって、先生にお届けするか。わたくしはもう一度、菖蒲《しょうぶ》に託《たく》すことにしたんです。

埼玉の農家に連絡したらば、もう作ってないって。でも「うちで修業した人が愛知県で早咲きを作ってる」って。教えてもらった住所は早尾《はやお》。母

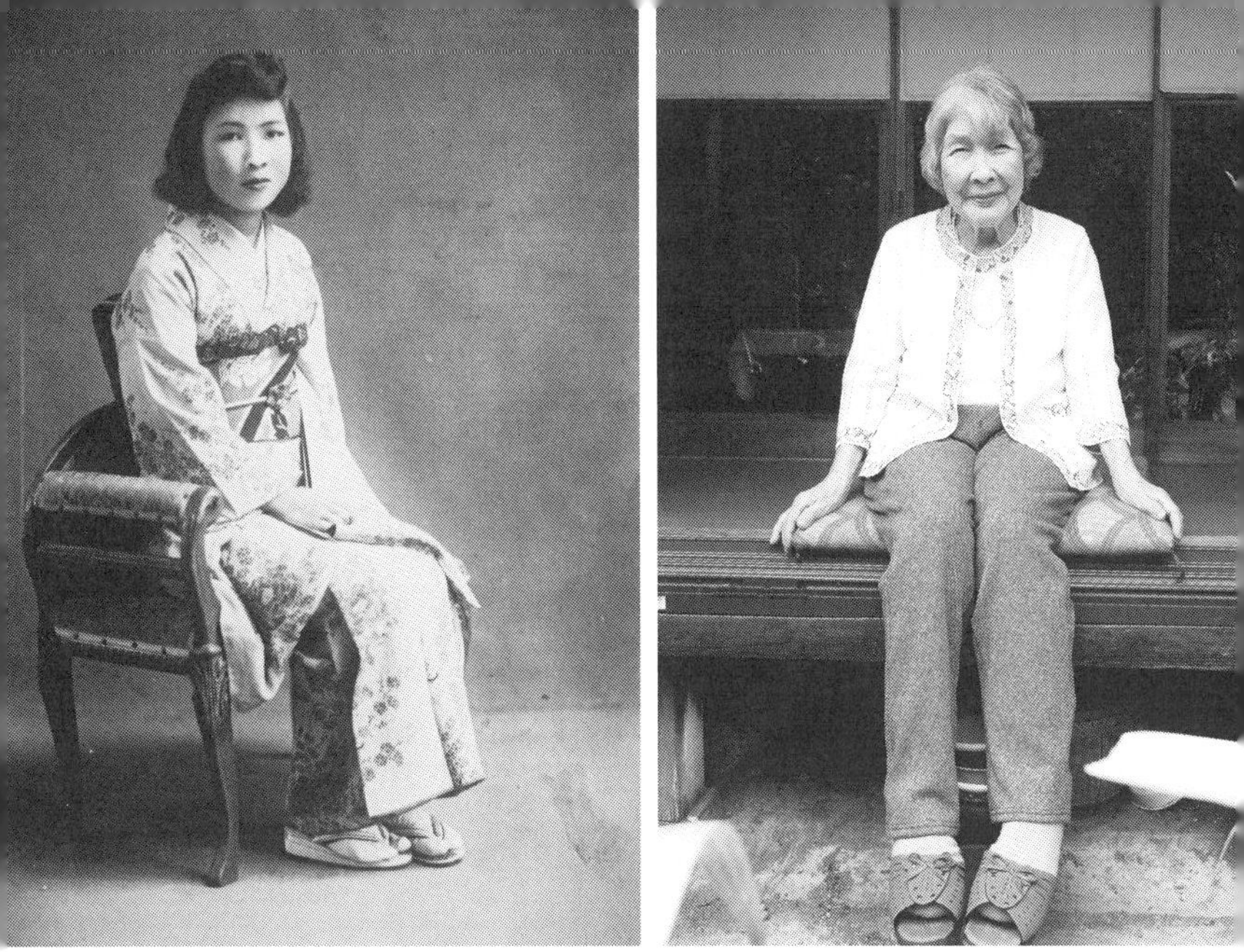

時は移れどお美しい。左の写真が19歳の鈔子さんで、
右が縁側に腰掛ける95歳の今

の生まれ故郷なんですの。

母に「おばあちゃまの早尾で菖蒲が栽培されてるのよ。それを池田先生にお届けするの」。そしたら母がにっこり笑って、「よかったねえ。早尾は菖蒲になったのねえ。昔はレンコン畑だったからねえ」。

母は床《とこ》に伏《ふ》せてたの。亡くなる前にもう一度、池田先生とつながれたから幸せそうでした。なにせ母は、あの撮影《さつえい》会《かい》でも最前列にいましたもので。

まったく、母には心配ばかり掛けましたよ。わたくしが風邪《かぜ》をひいたら、母はかっぽう着のまま火鉢《ひばち》のそばで寝ずに看病してくれました。わたくしに信心《しんじん》を勧《すす》めたのも、母なんですよ。

「四十歳までしか生きられない」と言われたのに、百歳に手が届きそう。池田先生に〝弟子の勝負〟をお届けするという心で、来年も、また来年も、菖蒲《しょうぶ》の花を。それが生きがいになってます。

▼取材後記

鈔子《しょうこ》さんは、菖蒲農家のおじさんに頭を下げ続けた話《はなし》をした後、短く言った。「あの時が人生で一番真剣でした」。万感が込もっていた。時代が移《うつ》れど変わることのない、池田先生との共戦譜《きょうせんふ》を、菖蒲に託《たく》し続けた人である。

しぐさが若さではじけている。発想も前向きだし、会話のテンポもいいし、透明なお肌《はだ》は「安いせっけんで洗ってるだけ」と体をよじって照れるし、もう拍手を送るしかない。

とっておきの昔語りを一つ。鈔子さんが小さい時、母と手をつないで渋谷駅によく行った。「駅に、はっちゃんがね」と言うから誰のことかと思ったら、あの忠犬ハチ公のことだった(銅像ではなく生前の)。ハチ公は、おかっぱの鈔子ちゃんを見つけると、尻尾《しっぽ》を振って来たらしい。ずいぶん慕《した》われてたんですねえ。「いーえ、いつもポケットのビスケットをあげるからですの」

三日月《みかづき》がまた寝転んだ。

「よーし、幸せになっちゃる！」

広島県広島市　八木《やぎ》 信子《のぶこ》さん（95）

年を取ろうが、耳が遠くなろうが、「負けちゃーつまらん」とメラメラ燃える。八木信子《やぎのぶこ》さん＝地区副女性部長＝の欣喜雀躍《きんきじゃくやく》たる広島弁に、ほとばしるものを感じてしまう。

（二〇二一年十月二日掲載）

ありゃりゃりゃ、写真撮《と》るんですか。どうしょーかいの。スッピンでもええですか。ほうですか。（カメラマンが撮影《さつえい》を始めると）もうやめてくれえー。ブサイクじゃやけえ恥《は》ずかしいわ。

（一段落。息を整えながら）失礼しました。ほうですか。私も最高です。ヨロシクお願いします。

まあ大正十五年（一九二六年）生まれじゃけえ、足半分は棺《かん》おけに入っとるでしょう。一日一日を強く生きています。

ええ、今幸せです。幸せでいっぱいです。うんと苦労したけえね、幸せがよう分かるんです。

生まれは宮島《みやじま》です。ダンスホール行ったり、厳島《いつくしま》神社で巫女《みこ》さんしたりしよりました。「馬面《うまづら》になるけえ、はよ嫁《よめ》にいけ」いう祖母の口車《くちぐるま》に乗って、結婚しました。嫁《とつ》ぎ先は製麺《せいめん》業で、うどんやらそうめんやらを作りよったです。ガタンガタンいうとる機械の奥でお産《さん》しました。

三日目には姑《しゅうとめ》やらきょうだいが枕元《まくらもと》で木箱をたたいて起こしに来ました。大勢の家族を世話せにゃあいけんじゃろ。いつも柱の影《かげ》から監視《かんし》されて、食事も掃除も、あらゆることに文句言われました。産後が悪うて輸血しながら働いとってから、機械で指二本飛んだんよ。

商売がだんだん傾《かたむ》いて倒産したのも、従業員が売り上げを持ち逃げしたのも「あんたが嫁に来たけえじゃや！」言われました。いつも星を見ちゃあ泣きよりました。この世はやっぱり地獄《じごく》じゃや思うた。

私、原爆手帳持っとるんですよ。キノコ雲が見えて、妹を捜《さが》しに父と市内を歩いたんです。校舎の下敷《したじ》きになっとった。傷もぐれ（だらけ）よ。連れて帰ったら、母が妹の足元で泣き崩《くず》れました。

妹は結婚したんじゃけど、後遺症で日ごとに衰《おとろ》えて、入院したんよ。自分の子どもがランドセル背負うのを、ついに見られんかったんじゃけえ。幸せなんか、どこにもないわ。宮島《みやじま》の桟橋《さんばし》に何遍《なんべん》も行って、死のう思うたです。そういう時に、丸顔のずんぐりした人がかっぽう着で来てくれちゃった。力強《ちからづよ》い声が胸にこびりついとる。「絶対幸せになるけえ」。昭和三十二年（五七年）一月二十四日、飛びつくいうのはオカシイですが、すぐ信心《しんじん》したんよ。

（その二日後、信子さんは「広島地区総決起大会」に参加した。山口開拓指導の帰途、池田先生が初めて来県した大会だ）

後ろの方にぎゅうぎゅう詰《づ》めで立っとりました。壇上《だんじょう》にも人が座《すわ》って、式次第の垂《た》れ幕《まく》があった。大きな丸時計が午後七時じゃった思います。熱気がムンムンしとる会場の後ろから、髪の濃《こ》い、眉毛《まゆげ》の濃い青年が堂々と入られたんです。ほいで、私のへりをパッパッパッと通られたんよ。もう引き付けられたわいね。

みんな原爆の爪痕《つめあと》知っとるでしょう。不幸の渦中《かちゅう》におったんよ。そこへ飛び込むようにして、池田先生は入場されたけえね。広島中の幸福を取り戻《もど》してみせるいう強さがあった。

よーし、幸せになっちゃる！　これからの生きる道じゃあ！

それから学会活動が、もー楽しいんじゃけえ。体験聞いたら、生命力が湧《わ》いてくるんが分かるんよ。

主人は車一台から運送業を始めたんじゃけど、私が学会活動に行くけえ、まー怒《おこ》ってから。お膳《ぜん》をひっくり返すわ、唱題《しょうだい》中に新聞をぶちまけるわ。ほいでも私が信心やめんけえ、主人はついに家を出たんよ。子どもに「お父さん、どこ行ったん？」いうて聞かれるけえ、困ったわいね。

もう強うなるしかない思うた。膝《ひざ》をすりむきながら自転車の練習して、聖教新聞の配達を始めたんよ。ほしたら、持ち逃げした従業員がお金を返しにきたんよ。「どしたんね？」「ダンナさんがやつれた姿で町を歩いとったけえ、申し訳のうて……」

ほどなく主人が、げっそりして「ワシが悪かった」言うて戻《もど》るんじゃけど、景気も悪いし、また保証人になってしもうて、買《こ》うたばかりの家を売り払《はろ》うたんよ。ほいでも、負けちゃーおられませんよね。池田先生に誓《ちこ》うとるんじゃけえ。絶対、負けません！　幸せになります！　いうてから。

会館行くでしょう。空高く三色旗がなびいとるでしょう。胸に手を当てて見てみんさい。「よーし」いう命が湧《わ》いてくるけえ。

もう必死よ。主人は弟の建設会社で、私はまんじゅう屋で七十歳まで働きました。それで借金を完済できたんじゃけえ。でもね、それよりうれしいのは、主人が信心《しんじん》したことなんよ。ビックリですよ。昔は茶碗《ちゃわん》をぶち投

家族の笑い声に包まれて暮らす

げよった人が、茶碗《ちゃわん》を洗《あろ》うてくれたり、洗濯物を干したりするんじゃけえ。池田先生のおっしゃった通りじゃ。毎日が「歓喜《かんき》の中の大歓喜」（新一〇九七ページ・全七八八ページ）になったんよ。

（信子《のぶこ》さんは両親と姉妹、そして信心《しんじん》に大反対だった義理の親きょうだいも入会に導《みちび》いた）

主人は平成十年（九八年）の赤穂浪士《あこうろうし》討ち入りの日に、ええ顔して亡くなったんよ。私は今九十五歳。ものすごい元気です。いつまで生きるか、そら分からんです。クエスチョンマークです。

じゃけど命の続く限りはね、強く生きます。池田先生が言うちゃった。

「空には、鳥の飛ぶ道があります。海には、魚の泳ぐ道があります」

私は、池田先生と共に、平和の道を歩きます。じゃけえ、創価学会のことを教えていかにゃあ、つまらんですよ。

まー何のお構いもできんでから……あんた何しよん。また撮《と》るんね（カメラマンが「おキレイなので」とファインダーをのぞく）。うそ言いんさい。母親にも「あんたはブサイク」言われたんよ。恥《は》ずかしいけえやめんさい（連写の音）。うわー、穴があったら入りたいー。

▼取材後記

信子さんは手持ちのノートに、短い詩を思いつくままに書く。こんなのができた、と見せてくれた。

「末法《まっぽう》に生まれ　ひまわりよ／忘れず誓《ちか》いの道を　まっすぐに／花よ　強く　大きく咲け／使命の花よ」

ひまわりは自分自身だと言った。

昨年（二〇二〇年）、信子さんは長男を亡くした。同居の娘《むすめ》たちの前では気丈《きじょう》だった。コロナ禍《か》で葬儀《そうぎ》には行かず、一人になった家で勤行《ごんぎょう》した。「御本尊様《ごほんぞんさま》が見えんぐらい泣いた」

しかもこの春、庭で転《ころ》んで足を骨折した。退院したが、歩行器を頼るようになった。

それでも「ひまわり」は太陽に向かって伸びていく。「池田先生につながるような題目《だいもく》をあげよる」。悲壮感をにじませぬ口調だった。

信子《のぶこ》さんは御本尊《ごほんぞん》の前に座《すわ》ると、「日蓮《にちれん》はな《泣》かねどもなみだひ《隙》まなし」（新一七九二ページ・全一三六一ページ）を思い返し、いつも瞳《ひとみ》が潤《うる》むという。池田先生との思い出を語る時も、目を赤くしていた。

庭の花を見ても、空の鳥を見ても、「幸せじゃ。幸せじゃ」と繰《く》り返す、広島のひまわり。

その美しさを撮《と》りたかったんだろう。横でカメラマンが、レンズを信子さんに向けている。

おいおい、また叱《しか》られるぞ。

空の青さに感謝して

「自分の信念で生きとるだけです」

大阪府大阪市　由利《ゆり》 さだ子《こ》さん（101）

「おこがましいですけど、自分の信念で生きとるだけです」。由利《ゆり》さだ子《こ》さん＝地区副女性部長＝はそう言った。表に出さない心の強さは、ただの記憶でもなく、思い出とも違う。「信念」という言葉に重みがある。

（二〇二一年十一月十八日掲載）

いつの間にやらシワくちゃの、シミだらけの、おばあさんになってしまいました。くよくよせえへん。この年になったら開《ひら》き直っとんのかねえ。もう百一歳なんやねえ。早い気がします。何となしに暮《く》らしてきて、自分を振り返ったら、もうこの年です。みんなからしたら、お話《はなし》にならんけど、長いこと信心《しんじん》させてもろうてます。

生まれは京都の山奥です。山と山の間に家があるぐらい田舎《いなか》です。三人姉妹の末っ子でした。分家に子どもがないから私が行って、主人も養子にもらわれてきたクチです。

米作ったり、蚕飼《かいこ》うたりしましたよ。貧乏《びんぼう》やから、それこそいろりで芋《いも》や大根《だいこん》煮《に》て食べるぐらいのことです。姑《しゅうとめ》さんが厳《きび》しくて、箸《はし》の上げ下ろしから始まって大変でした。

化学工場の仕事を紹介してもろうて、西淀川《にしよどがわ》に来たんが三十歳くらいですわ。主人の稼《かせ》ぎだけやと生活ができひんもんやから、針仕事の内職しました。

雑貨店に糸を買いに行きますやろ。それが縁《えん》で店の人に折伏《しゃくぶく》されましてなあ。昭和三十二年(一九五七年)、主人にボロカス怒《おこ》られながら、信心始めたんです。

(六一年九月十六日、第二室戸《むろと》台風が近畿地方に襲来《しゅうらい》。堤防《ていぼう》が崩《くず》れ、西淀川の町が泥水《どろみず》に沈《しず》んだ)

どうもこうもない。あっちで助けられ、こっちで助けられしよったんです。ずっと題目《だいもく》あげてました。信心がもう一つないから、池田先生がお見舞いに来られたのを知らんかったんです。

(同月二十二日午前、水が引いたばかりの町。ヘドロの悪臭《あくしゅう》。池田先生が長靴で五カ所を回り、居合わせた一人一人と握手《あくしゅ》する。「必ず変毒為薬《へんどくいやく》してください」と)

池田先生の白いシャツに、泥《どろ》がはねていたと聞きました。先生は、会館建設の約束もしてくれたそうです。希望を灯《とも》してくださったんやねえ。

二年後（六三年）に西淀川《にしよどがわ》会館（当時）ができて、落成式に行かしてもらいましたよ。人が多くて中に入られへんから、会館の横の道路におったんです。二階の窓から、池田先生が顔を出して、手振ってくれはった。

あの時分、地を這《は》うように生きてたいうんかなぁ。食べるのがやっとという状態でした。けどね、苦しければ苦しいほど、学会活動を和気あいあいとやりましたよ。暮《く》らしは大変なはずやのに、あんなに楽しい日々はなかったねえ。

長いこと班担当員（当時）をさせてもらいました。人前に出てがむしゃらにできない性分《しょうぶん》やから、引っ込んどったクチですねん。

座談会でいろいろ習いますやん。私はズボラやから、御書を読んでも右から左で、習《なろ》うた途端《とたん》に抜けとんですわ。でもこれは忘れへん。
「我ならびに我が弟子《でし》、諸難ありとも疑う心なくば、自然《じねん》に仏界《ぶっかい》にいたるべし」（新一一七ページ・全二三四ページ）

とにかく、池田先生の話《はなし》を、みんなでしょっちゅうしたもんです。
東京で池田先生の話を聞いてきた人が鉛筆なめてメモした紙を、みんなでのぞき込むんですよ。池田先生の熱を懸命に伝えていくという、そういう学会活動でしたわ。歓喜《かんき》と勢いがおのずと出ますわな。それで折伏《しゃくぶく》に行くんです。

同じ社宅だった娘《むすめ》さんに、「この信心《しんじん》、してみんことには分からんもんです」と話したら、素直にトコトコついてきはった。この人の幸せを、生涯祈《いの》らしてもらおう思いましたんや。

関西は池田先生の手作りです。その土壌《どじょう》いうんか風土の中で育てていただいたから、苦労はしたものの、信心《しんじん》の手応《てごた》えをつかむことができたんじゃないでしょうか。

まあ、目の前のことをがむしゃらに生きてきて、気付いたら「今」いうのが本音《ほんね》です。何の取りえもないばあさんですけど、胸張れることは、信心を貫《つらぬ》いてきたことだけやね。人生の最終章になって、好きなことを言うて、平々凡々《へいへいぼんぼん》、息子（忠一《ただかず》さん、七十八歳、副総県長）と暮《く》らしとる。それが大功徳《だいくどく》やねえ。

池田先生が西淀川《にしよどがわ》に来てくださった一回一回を、大事に語り継《つ》いできました。でも私はのんきやから、あの「大白蓮華《だいびゃくれんげ》」を読むまで大切なことを分かってなかった。

（二〇〇八年十月号の「大白蓮華」。見出しに「自分の裁判より／苦しむ同志を優先」と。第二室戸《むろと》台風で被災した同志を見舞った一九六一年九月二十二日、池田先生は

長男の忠一さんと暮らす。
「寝る前、息子が肩もんで、足湯をしてくれるんです」

大阪事件の裁判があり、午後から出廷《しゅってい》している）

　まさかそんな状態で来てくださったとは。池田先生が、なぜ大阪にお見えだったのか。恥《は》ずかしながら、分かってなかったんです。どない言うたらええんかなあ、画竜点睛《がりょうてんせい》を欠《か》いてました。先生のお心を、ようやく知って……涙《なみだ》です。

　ますます、池田先生にお応《こた》えしたいなあ。おこがましいですけど、その信念で生きとるだけです。私はしょーもない意地っ張りのばあさんや。創価学会においてもらえるだけで、大きな顔をさせてもろうてます。

地区のみんながね、私に「何もしなくていい」言うんです。「何でですか？」と聞いたらね、「由利《ゆり》さんは私らの希望やから、ここにいてくれるだけでいいよ」。そない言うてくれはった。

私、今一番幸せです。みんな、ありがとう。おおきに。今日は、日本晴れやなあ。

▼取材後記

本文で紹介した「同じ社宅だった娘《むすめ》さん」は、現在八十三歳で、兵庫県尼崎《あまがさき》市にいる。尼崎の婦人は語ってくれた。「川に飛び込もうと何度も橋の上に立ったけど、とどまって今日までこられた。由利さんのおかげなんです。折伏《しゃくぶく》してくれたのが大功徳《だいくどく》。それしかないわ」。そこへ電話が鳴った。「今、あなたの幸せを祈《いの》ってたんよ。元気かなあ」。由利さんだった。その声が優しい。

自分のつらさは言わないし、苦心《くしん》の跡《あと》を見せることもない。涼《すず》しい顔で、「振り返ってみたら百一歳になってました。それだけのことです」と笑う。平凡《へいぼん》を愛し、空の青さに感謝しながら、一日一日を胸にしまう。

装丁・本文レイアウト　村上ゆみ子
写真（クレジット未記載のもの）　©Seikyo Shimbun

ブラボーわが人生《じんせい》3

2022年11月18日　初版第1刷発行
2022年12月 2 日　初版第2刷発行

編　者　聖教新聞《せいきょうしんぶん》　社会部《しゃかいぶ》
発行者　大島光明
発行所　株式会社　第三文明社
東京都新宿区新宿1-23-5
郵便番号　160-0022
電話番号　03(5269)7144（営業代表）
03(5269)7145（注文専用）
03(5269)7154（編集代表）
振替口座　00150-3-117823
URL　https://www.daisanbunmei.co.jp
印刷・製本　中央精版印刷株式会社

©Seikyo Shimbun Shakaibu 2022　Printed in Japan
ISBN 978-4-476-06252-6

落丁・乱丁本はお取り換えいたします。
ご面倒ですが、小社営業部宛お送りください。送料は当方で負担いたします。
法律で認められた場合を除き、本書の無断複写・複製・転載を禁じます。